마음을 안아준다는 것

말 못 하고 **혼자 감당**해야 할 때
힘이 되는 그림책 심리상담

마음을 안아준다는 것

김영아 지음 · 서은숙 그림

마음책방

그들은
특별하지 않았다

— 개인이든 집단이든 상담에 참여한 사람들이 닫혀있던 마음을 조심스레 열고 서서히 자신을 개방하면서 지금까지 해결하지 못했던 내면의 심리적 문제가 그동안 자신에게 어떤 영향을 주고 있었는지를 확인하고 깨닫는 순간을 곁에서 지켜본다는 것은 정말 가슴 벅찬 감동이다.

마치 조금씩 알을 깨고 나오는 새 생명을 보는 듯하다.

나를 만나는 여행.

상담에서 '나'를 찾아가는 과정이 무엇보다 중요하다는 것을 강조하기 위해 내세운 컨셉이다.

집단상담 6회기 중에 4회기 정도 되면 내담자들은 서로에 대한 탐색기를 거쳐 어느 정도 응집력을 발휘한다.

더 나아가 집단에 대한 친밀감이 생기면서 '좀 더 나의 내밀한 아픔을 내놓아도 될까?', '내가 이런 말을 하면 이상하게 생각하지 않을까?' 하는 망설임도 사라지게 된다.

상담하는 동안 자신의 마음을 솔직하게 표현하다 보면 재혼한 엄마가 힘들어할 거라는 생각 때문에 감정을 눌러야 했던 어린아이가 어느 순간 소녀가 되고 숙녀가 되고 엄마가 되고 중년이 되어있다.

다시 말해 어린 시절의 상처로 자신을 고통 속에 가둔 채 가면 뒤에 숨어야 했던 진짜 '나'를 찾아 세상 밖으로 나오는 것이다.

집단상담에 참여한 수선화 님은 어느 정도 살만한 형편에다 세상에 특별한 것 없다고 느끼는 나이가 되었는데도 가끔 치솟는 알 수 없는 감정이 있다고 한다. 그 감정이 진짜 내 감정인지 아닌지 몰라서 힘들다고 토로했다.

그 내용이 범상치 않음에도 한 번도 웃음을 잃지 않는 수선화 님에게 이상 신호가 감지되었다.

자신의 감정 상태를 모르는 것을 넘어서 그 감정과 함께 드러나는 표정이 불일치하다는 것을 스스로 감지하지 못하고 있어서다.

말을 할 때 자기 얼굴을 보면서 말하는 사람은 드물다.

수선화 님 역시 마찬가지였다.

그러다 팬데믹 사태로 줌(ZUM) 온라인 집단상담을 통해 모니터에 보이는 자신의 표정을 처음으로 정확하게 본 것이다. 그제야 털어놓는 긴 독백 끝에 급기야 수면 밑에 가라앉아 있던 서러움과 억울함이 올라와 눈물을 쏟아냈다.

그 순간 묵묵히 수선화 님의 이야기를 들으며 함께 아파했던 다른 집단원의 아픔이 어우러지고 또 다른 집단원의 아픔이 얹어지면서 서로를 향한 토닥임과 기꺼운 응원, 따듯한 위로가 덧입혀지기 시작했다.

그 모습을 지켜보면서 이들이 '훨씬 이전에 지금처럼 마음을 안아주는 누군가를 만났다면 얼마나 좋았을까?' 하는 안타까움이 밀려왔다. 그러면서 한편으로 한 사람 한 사람이 참 귀하다는 생각이 들었다.

"더는 도망치지 않고 담담하게 자신을 만나려고 여행길에 오른 한 분 한 분이 참 귀하구나."

"그들의 여린 가슴에 남은 아픔의 상흔을 잘 매만져가도록 돕는 나 역시 귀하구나."

"지금─여기서 '너'와 '내'가 함께하고 있음이 정말 감사한 거구나."

그렇게 뻐근하게 조여오는 가슴을 달래며 스스로 자신의 마음을 안아주는 참 귀한 시간을 경험했다.

이 책은 '나'를 만나기 위해 떠났던 상담 여행의 기록이다.

여행하면서 수선화 님처럼 평범한 중년여성부터 회사원, 교사, 가정주부, 결혼을 앞둔 신부, 대학생, 군부대의 관심사병, 교도소 재소자 등까지 정말 다양한 여행객들을 만났다.

그들은 특별하지 않았다.

누구나 그렇듯이, 그들도 자기 삶에서 파생된 문제를 나름대로 해석해서 풀어보려고 노력했다. 단지 그 방법의 표현이 달랐을 뿐이다. 그 과정에서 의도치 않게 상대방에게 상처도 입혔고, 자신도 고통 속에서 살아야 했다.

사실 그들의 마음을 아무 조건 없이 실질적으로 안아준 것은 심리상담도 상담이지만 그림책 역할이 더 컸다.

나는 독서치유상담사다. 그러다 보니 상담하면서 내담자의 상황에 맞는 책을 소개해 주는데, 특히 그림책을 적극적으로 권해준다.

내담자의 마음을 그림책을 통해 스스로 느끼게 해주기 때문이다.

필요에 따라 그림책부터 수필, 영화, 그리고 시, 소설 등을 소개하기도 한다.

한마디 말보다 책이 들려주는 이야기에서, 보여주는 주인공의 모습에서 힘들고 지친 마음을 더 따뜻하게 공감하고 마음을 안아주고 있다.

단지 그들의 이야기를 들어주고 그림책을 읽으라고 권해줬을 뿐인데, 그들은 자신의 문제로부터 자유로워지고 심리적으로 수월해져 갔다.

이 책은 그들의 그림책 상담 이야기를 들려준다.

평범한 듯 평범하지 않고, 특별한데 특별하지 않다.

분명 낯선 이들의 이야기인데 낯설지 않다.

바로 이웃이요, 친구요, 나의 이야기이기 때문이다.

마음을 안아준다는 것은 그렇게 묵묵히 곁에서 '나'를 찾아가도록 도와주는 일이다.

부디 이 책을 읽고 마음을 따뜻하게 안아주는 심리치료를 받았다는 경험을 하게 되기를 바라면서, 책을 덮는 순간!

오늘 밤, 밑도 끝도 없이 올라오는 충만한 기운에 깊고 달콤한 잠이 들기를 바란다.

○ CONTENTS

아주
잘 감춘 줄
알았는데

—　　　　　　　요즘 젊은이들에게 사랑이란 무엇
일까? 한 걸음 더 나아가서 그들에게 결혼이란 무엇일까?

　필요조건과 충분조건을 따져가며 열띤 토론을 벌였던 우리 세대와
는 사뭇 다른 젊은 세대들의 사고를 들여다볼 계기가 있었다.

　결혼을 앞둔 여자 한 분이 찾아왔다.
　'마음이 설레고 예식 준비에만도 바쁠 시간에 무슨 이유로 나를
찾아왔을까' 싶어서 찾아온 연유를 물었다.

　"불안해서요."
　"뭐가요?"
　"전에 사귀었던 남자 친구가 있는데요 ……."

　그녀는 전에 살던 지방에서 동급생인 한 남자와 동거를 했었다고 한
다. 그러다가 서울의 꽤 괜찮은 대학으로 편입하면서 거주지도 서울로
옮겼다.
　그러나 상대 남자는 편입이나 상경에 대한 의지가 별로 없어 지방
에 그냥 머물렀다고 한다.
　그러면서 자연히 둘의 동거도 끝이 났다.

문제는 거기서부터였다.

그녀는 서울 생활을 시작하면서 자신의 과거를 지우기라도 하듯 이전에 알았던 모든 사람과의 관계를 끊었다.

완전한 서울시민, 서울 소재 대학생이 되고자 하는 그녀 나름의 의지요 열망이었다.

그렇게 이전 관계를 정리하는 한편 그녀는 자신의 가치를 높일 각종 스펙 쌓기에 집중했다.

그러다가 지금의 남자를 만났다.

결혼을 약속한 지금의 남자는 한때 지방에서 사귀었던 남자에 비해 학벌이나 집안 배경 모두 우월하다고 했다.

사회적 신분을 높이고자 애써 온 그녀의 노력이 결실을 보았다고 할 만하다.

그런데 그녀는 자기가 그리던 행복한 삶이 눈앞에 와 있는데 무엇이 불안한 걸까?

혹 결혼 당일에 예전의 그 남자가 나타나 소위 깽판이라는 것을 치는 신파조를 상상한 걸까?

"그런데 교수님! 우리 정말 사랑한 거 맞아요?"

하고 물은 것은 그때였다.

"우리라면 어떤 남자를 말하는 거지요?"

혹시나 해서 물으면서도 나는 지금 남자와의 사랑을 말하는 줄 알았다.

여자 팔자는 남자에 달렸다는 어른들의 말을 옛날 어른들보다 더 철저히 믿으면서 사랑보다는 상대의 조건을 먼저 따지는 요즘의 젊은 이들.

자신이 가진 것과 못 가진 것을 스스로 정확히 셈하면서 결혼을 통해 신분의 변화를 꾀하려는 것이 상당수 요즘 젊은이들의 연애관 이다.

그녀 역시 사랑보다는 실속을 우선시하는 결혼에 매달렸고, 노력한 만큼의 보답으로 조만간 조건 좋은 남자와 결혼식을 올릴 예정이다.

그런데 막상 결혼하려니 사랑 없는 결혼에 회의라도 든 것일까?

여자의 얼굴에서 읽히는 초조함을 뭐라 해석할 수 없어서 오히려 되물었다.

"우리라면 결혼할 지금의 남자를 말하나요?"

그런데 뜻밖에도 그녀가 사랑 운운하는 대상은 옛 남자였다.

어차피 헤어진 사람인데 그녀는 왜 새삼 그 남자와의 사랑에 대해 자문하고 있는 걸까.

"그거야 자신이 대답해야 할 말이지요. 어떻게 생각하는데요?

사랑이 아니었던 것 같아요?"

"글쎄요 …… 저는 사랑이라 해도, 그건 찌질한 사랑이라고 생각 해요."

"찌질한 사랑? 그럼 찌질한 사랑 반대는 무엇인데요?"

내 말에 잠시 생각하고 난 후에 그녀가 대답한다.

"글쎄요 …… 업그레이든 된 사랑?"

그제야 그녀가 하고 싶은 말을 알 것 같았다.

그녀가 새삼 옛 남자와의 관계가 무엇이었나를 되돌아본 것은 조만간 결혼하게 될 현재 남자와의 관계에 정당성을 부여하고 싶은 심리 때문이었다.

미숙한 사랑이 있고 성숙한 사랑이 있을 수는 있다.

그러나 찌질한 사랑과 업그레이드된 사랑이라니.

그것도 한 남자를 두고 하는 말이 아니라 각기 다른 연애에 대해 한쪽은 찌질한 사랑이었고 한쪽은 업그레이드된 사랑이라니.

마치 어떤 계약에 대해 이건 불리한 계약이고 저건 유리한 계약이라고 말하는 듯한 그녀의 말은 '우리 정말 사랑한 거 맞아요?'라는 그녀 자신의 질문과도 맞지 않는 이상한 분류법이었다.

그러나 나는 사랑의 진정성을 상담해주는 사람은 아니다.

무엇인가 불편하고 괴로워서 나를 찾아왔을 여자의 진정한 내면의 소리를 들어야 했다.

그녀는 사랑에 관해 묻고 있는 게 아니라 자기 안의 무언가를 확인받고 싶은 것이었다.

나는 대화를 그런 쪽으로 진행했다.

그러자 차츰 그녀의 본심이 나왔다.

자기는 결코 초라하게 살기는 싫다는 것이다.

어린 시절을 힘들게 살아 결혼하고 나서도 그런 삶을 되풀이할 생각은 추호도 없다고 했다.

서울 소재의 대학으로 편입을 하고, 편입하자마자 옛날 친구들과의 관계를 모두 정리한 것도 그 때문이었다.

여자에게 서울 올라오기 전까지의 과거란 빛나게 나아가야 할 미래에 그늘을 드리우는 찌질한 시간이었을 뿐이다.

사람에게 시간이라는 것은 연속성의 개념이다.

어디부터 어디까지는 나의 시간이고 어디부터는 내 인생이 아니라고 잘라내어 버릴 수 있는 성질의 것이 아니다.

많은 사람이 자기 인생을 되돌아보며 여기부터 여기까지 딱 도려내서 어디로 버리고 싶다고 하는데 그게 어디 맘처럼 되던가.

혹 그렇더라도 그 시간은 있었던 사실이기에 두고두고 내 인생에 지대한 영향을 미치는 것이다.

여자에게 지방에서의 3년이란 세월.

아니 더 나아가 유년부터 이어 왔던 자신의 삶.

비록 그것이 찌질한 시간이었고 환경이었다 해도 자신의 삶에 오롯이 존재하는 시간이었으니, 감춘다고 감추어질 것이 아니란 이야기다.

초라하게 살기 싫어서 조건 위주의 결혼을 선택했음에도 여자는 자기 선택에 당당하지 못했다.

'결혼에 사랑은 하나도 중요하지 않아,

결혼도 어차피 직장 구하는 것이나 마찬가지야,

취직할 때 월급이나 근무 조건이 먼저지

사장의 인간성 보고 취직하는 사람 있어?'

차라리 이렇게 말하며 당당함으로 위장이라도 할 수 있었으면 좋았을지도 모른다. 하지만 그녀는 그러지도 못하면서 사랑 없이 하는 결혼은 옳지 않은 것이라는 윤리관을 가져와 혼자서 어찌어찌 자신을 합리화해 보려고 싸우는 것이다.

그러다 보니 찌질한 사랑과 업그레이드된 사랑이라는 분류까지 해보면서 어쨌거나 자신은 사랑이라는 바탕 위에서 결혼할 남자를 선택했노라 스스로 믿고 싶은 것이다.

문제는 이것이었다.

이야기를 나누다가 마침내 그녀가 눈물을 보였다.

자기를 팔고 싶은 마음은 없는데, 결국엔 자기를 상품처럼 팔고 있는 것 같아 비참한 기분이라고 했다.

자신이 왠지 초라하고 비굴해 보인다는 것이다.

요즘의 젊은이다운 지극히 현실적인 결혼관을 가진 그녀의 혼란은 사실 이 문제에서 비롯된 것이다.

감추고 싶은 자신의 찌질했던 환경, 그것으로 뒤엉켜 만들어진 틀키고 싶지 않은 자신 내면의 열등감 때문에 힘든 것이다.

그녀가 필요로 하는 것은 자기 선택에 대한 격려와 지지였다.

설사 세상의 지지가 없더라도 스스로 확신은 있어야 했다.

한마디로 조만간 하게 될 결혼에 대해 정당성의 확보가 필요한 것이었다.

정당하다는 확신이 없이는 계속 불편하고 초라해지고, 불안할 것이기 때문이다.

예전에 EBS 『다큐프라임』 프로그램에서 '인간의 두 얼굴'이라는 제목으로 흥미로운 실험을 보여준 적이 있었다. 보편적이면서 이중적인 인간 심리의 측면들을 실제 실험으로 보여주었는데, 그중에 다음과 같은 실험이 있었다.

실험자가 양손에 각기 다른 두 사람의 사진을 들고는 실험 대상자에게 사귀고 싶은 사람을 선택해 보라고 한다.

물론 두 사진 속의 인물은 비교가 확연한 외모를 가지고 있다.

즉 한쪽 남자는 잘생겼다고 할 만한 준수한 외모의 소유자고 다른 한쪽의 사람은 거기에 미치지 못했다.

실험은 사진만 보고 느끼는 매력과 호감도를 알아보는 것이었다.

피실험자가 한쪽을 선택하면 사진을 다 내려놓고 잠시 긴장을 풀도록 한다.

그리고 나서 다시 사진을 보여주며 묻는다.

"당신이 선택한 사람입니다. 그런데 이 사람이 왜 마음에 들었습니까?"

그런데 보여준 사진은 조금 전에 피실험자가 골랐던 준수한 외모의 남성 사진이 아니라 선택에서 제외된 남성의 사진이다.

피실험자들의 반응은 어땠을까?

대부분 피실험자는 아까 골랐던 것과 다른 사진이라는 것을 알아차리지 못했다.

그러면서도 그 사람에게 왜 마음이 끌렸는가를 열심히 설명했다.

즉 자신이 선택한 대상과 상관없이 자신의 선택에 대한 정당성을 증명하고자 마음에 든 이유를 생각해 내려고 했다.

여기에서 우리가 알 수 있는 것은, 사람들에게 중요한 건 대상 자체가 아니라 그 대상에게 주었던 자기 마음이라는 점이다. 대상 자체의 의미보다 대상에게 주었던 자기 생각을 더 기억하고, 더 중요하게 여기는 것이다.

확신은 그래서 필요하다.

상대가 누구이든, 처음에 상대를 선택한 이유가 무엇이든, 그 상대를 선택한 것이 옳았다는 자기 확신이 있어야 그 관계가 원만히 지속할 수 있다.

사람은 무엇을 선택하든 자기가 옳았다는 확신을 원한다.

그래야 마음이 편하고 당당할 수 있기 때문이다.

나를 찾아온 그녀에게 필요한 것도 결국 그런 확신이요, 정당성이었다.

결혼을 앞두면 한 번쯤 괜히 불안해지는 법이지만, 마음에 정당성이 세워져 있지 않으면 더 불안하고 초조할 수밖에 없다.

그렇게 시작된 결혼생활은 공연한 자격지심이나 상대에 대한 근거 없는 의심 같은 것으로 발전하여 불행의 씨앗이 될 수 있다.

"지금 결혼하려는 남자가 왜 좋은지 이유를 찾아보세요. 이러이러
해서 좋아한다고 마음속에 그 이유를 자꾸 되새기고, 그래서 나는
이 사람과 결혼하려는 거야 하고 스스로 확신을 키워봐요."

나는 그렇게 말해주었다.

그녀에게 필요한 건 누구를 더 사랑했는지, 그게 정말 사랑이었는
지 알아내는 게 아니다.

코앞에 다가온 결혼에 대해 그 결혼의 정당성을 스스로 확신하는
일이다.

내가 했던 말에 이런 의문을 제기할 사람도 있을 것이다.

"정당성 확보가 중요하다는 건 이해하겠는데, 사랑하지도 않는 사
람을 무조건 좋은 점만 되새기면서 스스로 정당성을 만들라는 건 일
종의 자기 세뇌고 비겁한 자기합리화가 아닌가요?"

맞는 말이다.

이는 분명 바람직한 정당성 확보는 아니다.

그렇다면 내 입장에서 무슨 말을 해야 했을까?

상담자는 내담자를 만날 때 문제의 본질을 찾으려 노력하지만, 그

본질에 대하여 옳고 그름의 판단을 내리지는 않는다.

심리상담을 한다는 건 아픔을 덜어주면서 스스로 상처를 치유할 수 있도록 돕는 일이지 마땅히 이래야만 한다고 도덕 교과서를 들이미는 일이 아니다.

누가 어떤 일에 괴로워한다면 자기에겐 아무 잘못도 없기에 괴로워하는 것이 아니다.

사람들 고통의 대부분은 자신이 한 잘못에서 시작된다.

그것에 대해 자기 잘못부터 근본적으로 고치라고, 내가 말하는 대로 살아야 한다고 충고한다면 아무것도 해결되지 않는다.

상담이 충분히 무르익으면 저절로 옳고 그름에 관한 이야기도 나누게 되겠지만, 그 전에 중요한 점은 상대의 아픔을 이해하고 공감하는 일이다.

당신 자신이 가진 욕망 안에서 그런 갈등과 조바심은 당연하고, 당신 자신의 입장에서는 아무튼 힘든 게 당연하다고 말이다.

즉, 상대의 욕망이 아니라 상대의 아픔을 인정해 주는 것이다.

교육 방송의 이 실험에 관해 어느 심리학자는 다음과 같은 말을 하고 있다.

"긍정적인 착각은 사람들에게 동기를 부여하고, 행복해할 수 있도록 도움을 주고, 성공할 수 있다는 자신감을 안겨준다."

또 다른 학자도 비슷한 말을 했다.

"뭐든지 긍정적으로 생각하라. 그게 착각일지언정."

"세상을 긍정적으로 보고 살짝 왜곡할 수 있을 때가 그러지 않을 때보다 훨씬 행복할 수 있다."

나를 찾아왔던 그녀는 결혼을 할까, 말까를 주저하고 있는 것이 아니었다.

그저 내면에 숨겨 두었다고 생각했던 열등감이 수면 위로 올라와 감정과 부딪쳐서 심하게 불편했던 것이었다.

때문에, 나의 조언은 말하자면 '긍정적인 착각'을 유도하는 것이었다.

아픔을 말하는 내담자에게 상담자로서 내가 할 수 있는 최선은 그 아픔에 동행해 주면서, 내담자가 자기 아픔에 치어 미처 보지 못하고 생각지 못한 것을 보여주고 말해주는 것이다.

사랑이든 무엇이든 최종 선택은 어차피 자신의 몫이고, 자신이 하게 되어있다.

그녀에게 결혼을 앞두고 드라마틱하게 '이 결혼은 하는 게 아니야!' 하고 자기를 찾아 나서기를 권하는 것이 옳았을까?

당연히 그렇게 할 수는 없다.

시간을 두고 그녀 자신이 외면하고 내면 깊이 꼭꼭 숨겨 둔 그것을 살아가면서 찾아야 할 때가 분명 올 것이다.

어차피 인생은 길다.

그녀에게 결혼 후 좀 한가해지면 읽어 보라고 책 한 권을 권했다. 정신분석전문의 김혜남의 치유에세이 《나는 정말 너를 사랑한 걸까》다.

우리의 마음속에는 저마다 지울 수 없는 한 아이가 살고 있다. 더는 자라지 않고, 자라고 싶지 않은 아이. 귄터 그라스의 소설 《양철북》에 나오는 오스카처럼 성장을 멈추어 버린, 그래서 어린아이의 시선과 두려움과 공상을 고스란히 간직하고 있는 아이.

사랑은 그 아이를 성장시킬 좋은 기회다.

사랑하는 사람들이 어린아이같이 말하고, 아이처럼 유치한 장난을 치면서 깔깔거리는 것은 과거 어느 언저리에선가 성장이 멈추어 버린 아이를 성장시키는 과정이다. 왜냐하면, 연인들의 그 모습은 사랑을 갈구했지만 사랑 대신 상처만을 입은 과거의 어린아이로 돌아가 다시 사랑을 갈구하는 것이기 때문이다.

이 구절을 같이 읽으면서 이제부터라도 사랑을 키워가 보라고 넌지
시 말했다.

시작이 어찌 되었든 내 안의 나를 찌질한 어느 곳에 처박아 두지
말고 가끔 햇볕을 쬐고 바람 쐬며 남편에게도 보여주라고 했다.

사랑해서 결혼하는 것이 맞는가?

결혼 후에 사랑을 키워가는 것이 맞는가?

난 그즈음에서 답을 주기보다는 그녀의 당찬 결단에 맡기고 빠져
나와 있었다.

그녀와의 상담은 그 정도로 끝났고, 지금 결혼하여 잘살고 있다.

몇 년 후 그녀가 안부를 보내왔다.

미국의 그림작가 로런 밀즈의 《누더기 외투를 입은 아이》 그림책을
읽었다고 했다.

아마 아이를 키우면서 함께 읽었을 것이고, 그 책을 통해 자신을
보았기 때문은 아니었을까 한다.

이 책은 학교에 갈 나이가 되었지만 입고 갈 옷이 없어 슬퍼하는

미나가 주인공이다.

다행히 미나는 '누비 엄마들'의 따뜻한 배려로 옷을 얻었다.

비록 자투리 천을 모아 여기저기 기워 만들었지만 미나는 기뻤다.

그 옷이라도 있어서 학교에 갈 수 있다는 생각에 행복했다.

그리고 처음에는 누더기라고 놀리던 학교 친구들도 자신의 가장 소중한 추억이 새겨진 천 조각들을 통해 조금씩 성장해 간다.

사람한테는 사람보다 귀한 게 없는 법이지.

그녀는 이 말이 너무도 가슴에 와닿았다고 한다.

그녀는 아이를 키우며 남편과 사는 지금의 삶에 만족하고 행복해 하고 있다.

그러면서 사람과 사람이 함께 나누는 사랑의 가치가 얼마나 소중한지를 알았다고 했다.

그리고 감추어 두었던 자신 내면의 뒤틀린 욕망과 그로 인해 무가치하다고 내박차두었던 자기 유년의 삶들도 나름의 의미 있는 시간이었다는 것을 알아가고 있다고 했다.

무엇보다 아이를 키우며 함께 나누는 사랑을 통해 부모님이 어린 시절 자신에게 준 사랑이 초라했다고 해서 절대 찌질한 사랑이 아니며, 그 이후 겪었던 시간과 사랑 또한 결코 찌질하지 않았음을 깨달았다고 했다.

전화를 끊고 가슴이 뻐근해 왔다.

상처 없는 사랑이란 없다.

상처가 있기에 성숙해질 수 있다.

중요한 것은 사랑의 치명적인 상처를 어떻게 피하느냐일 것이다.

그리고 상처를 입었다 해도 어떻게 잘 치유해 나가느냐일 것이다. ❝❧

둘

사랑을 주었다는데
왜 난
받은 게 없지

— 　　　　　　　　누군가가 자신을 좋아하기 시작하
면 냉정하게 돌아서는 사람이 있다. 자기가 먼저 적극적으로 대시했
음에도 불구하고 막상 상대가 자기를 좋아하게 되면 헤어진다.

이런 심리 유형은 버림받는 것을 두려워하는 '유기 불안'과 관련하
여 심리학 기초에서 다루는 대표적인 사례다.

유기 불안은 불우하게 자랐거나 학대받은 경험이 상처로 남아 커
서도 늘 남에게 버려지는 것을 두려워하는 심리다.

그래서 고아나 부모가 일찍 사망해 혼자 자란 경우, 부모가 있기는
하나 사랑을 거의 받지 못하여 있으나 마나 한 존재로 취급당하였을
때 흔히 이런 심리가 발생한다.

이것은 자기감정을 보호하려는 데에서 나오는 심리적 방어 작용
이다.

충분한 사랑과 관심을 못 받고 자란 사람은 어떤 식으로든 자기 존
재감이 위축된다. '내가 못나서 그런가?', '나에게 무언가 문제가 있
나?' 하는 자기비하가 어쩔 수 없이 마음 한구석에 자리 잡는다.

그러다 보니 '나는 언젠간 버려질 거야', '나는 저 사람의 목적을 위
한 어떤 수단일 뿐이야'라는 식의 부정적 생각에 사로잡히게 된다.

결국 자기에게 일어날 거라고 예상되는 상처에 미리 겁을 먹고 먼

저 피하려 한다.

그리하여 자신을 사랑해 줄 것 같은 대상을 찾아 모든 노력과 정성을 바치고도 정작 상대가 자기를 사랑하게 되면 슬그머니 발을 빼거나 관계가 깊어지는 것을 피하려 한다.

이렇게 만나는 관계는 건설적인 관계가 될 수 없다.
오히려 파괴적인 관계가 된다.
상대는 어떤가?
아무 잘못 없이 '버림받음'이라는 상처를 받게 되고 자신이 농락당했다는 씻을 수 없는 수치심으로 왜곡된 여인상과 남성상을 가질 수 있다.
자신 역시 근본적으로는 일점의 욕망도 채우지 못한 채 의미 없는 허탈감만 되풀이한다.

그녀의 나이 서른여섯 살.
벌써 열 번이 넘는 연애를 했다.

단순한 사귐이 아니라 주변에서 모두 연인 사이로 인정할 정도에 곧 결혼할 거라고 말한 연애 횟수가 그만큼이다.

그녀가 공략(?)하는 남자의 공통점은 이른바 킹카라 불리는 남자들로 잘 생기고 잘 놀고 집안 배경도 좋다.

그녀는 그런 남자들을 어렵게 자기 남자로 만들고도 남자가 자기에게 푹 빠진 정점의 순간이 오면 냉정하게 이별을 통보한다.

그녀는 자신을 꽤 괜찮은 여자라고 생각한다.

자신의 매력에 자부심도 있다.

실제로 보통 이상의 매력을 지닌 여성이다.

자신의 매력을 스스로 자신만의 고유한 힘이라고 여기는 도도한 면도 있다.

그런데 왜 그런 행동을 하는 걸까?

타고나기를 팜므파탈 기질이 있어서 많은 남자를 그냥 갖고 놀았던 걸까?

그녀는 평범한 가정에서 자랐다.

그리 부유하지도 않고 찢어지게 가난하지도 않았다.

다만 아버지가 조금 무능하고 자식에 대한 책임감도 크지 않았다는 것, 그런 가운데에서도 부모의 관심이 두 명의 오빠에게만 집중되었다는 것이 그녀 스스로 말하는 어린 날의 불만이었다.

"딸이 하나면 더 예뻐 보이지 않나요?"
"다른 아버지들은 그렇다고들 하던데, 우리 아버지는 늘 오빠들한테만 관심을 줬어요.
여자라고 나한테는 아무 기대도 안 했어요.
솔직히 나중에 누가 더 집안에 큰 도움을 줄지 아무도 모르는 거 아니에요?"

기분 좋게 술 한잔 걸치고 들어온 날도 두 오빠에게만 너희가 집안의 기둥이라느니 이담에 잘 되면 부모 잘 모셔야 한다느니 다짐을 주었단다.
공부만 해도 자기가 더 잘했는데도 오빠들은 학원에 보내고 자기는 보내주지 않았다고 한다.

그녀는 집안에서 억울한 대접을 받고 있다는 생각에 늘 속상했다.
그녀는 오빠들에 대한 부모의 편애를 원망하면서도 한편으로는 늘 따뜻한 관심을 그리워했다.

특히 드라마에 나오는 능력 있고 자상한 아버지상에 많이 목말라 했다.

아버지가 무능력하다 보니 이다음에 자신을 건사해 줄 아들에게만 기대를 건다고 보았다.

그녀는 나에게 항변했다.

"선생님! 우리 부모님은 내게 사랑을 주었다는데 왜 난 받은 게 없지요?"

"왜 받은 게 없어요? 이렇게 예쁘게 잘 키우셨구먼."

"아니요. 내 안에는 받은 사랑이 없어요. 그 사랑이 그리워 항상 전 목말랐었다고요."

"그럼 목말랐던 사랑을 받고 싶어서 잘나고 멋진 남자들에게 대시했던 거예요? 그들이 그 사랑을 줄 거 같아서?"

"그런 면도 있을 거예요."

"그렇다면 남자가 당신을 좋아하게 되었을 때 왜 버리는 거지요? 그 사랑을 받아 채우면 되었잖아요."

"글쎄요."

그녀는 답을 피하고 있었다.

"당신에게 관심을 주지 않았던 아버지에 대한 복수심 같은 걸까요?"

"뭐 복수심까지는 …… 그런 생각은 해본 적 없고, 잘 모르겠네요."

"남자를 찰 때의 기분은 어때요?"

"더러워요."

"왜 더러워요? 당신이 차는 거잖아요.

그 남자들의 엄마 입장에서 생각해 보면, 당신이 참 미울 거 같아요."

그랬다.

가끔 상담하는 과정에서 감정이 전이되어 미움이 올라온다.

그럴 때 아닌척하며 상담하기가 쉽지 않다.

그래서 나는 오히려 그 감정을 표현한다.

그것도 돌려 말하지 않고 직접적으로 말이다.

그래야 감정의 오해 없이 서로 진전이 가능하다.

"솔직히 현실적으로 그 애들에 맞춰 연애할 형편이 아니거든요.

우리 집이 부자도 아니고 달리 내세울 것도 없고 ……."

'그거구나.'

그녀의 당당하고 도도하기까지 한 태도가 일순간 무너지는 것을
느꼈다.

"그런 거라면 처음부터 킹카들은 상대하지 않으면 되잖아요.

킹카 아닌 애들은 양에 안 차나 보지요?"

"네, 양에 안 차요. 버릴 때 버리더라도 킹카들이 날 좋아해야 기분이 좋지, 찌질한 애들은 처음부터 사귈 마음이 없어요.

남들이 어렵다고 하는 애들을 좋아하게 만들어야 쾌감도 더 크고요."

"근데 정작 남자들이 당신을 좋아하면 현실적으로 딸려서 켕긴다는 거고요?"

"켕기진 않아요. 단지 그런 애들과 계속 사귀려면 남다른 노력이 필요한데, 노력하는 게 싫어요. 내 남자로 만들 때까지는 어떤 노력이라도 하겠는데, 막상 날 좋아한다고 하면 더는 노력할 마음이 없어져요.

내가 왜 노력까지 하면서 연애해야 해요?"

"어쩌면 당신은 차는 게 아니라 도망가는 게 아닐까요. 그렇게 생각하진 않나요?"

"……."

대답이 없다.

"왜? 내 얘기에 빈정상했어요? 그래도 난 해야겠는데 ……

당신은 찬다고 말하고 싶지만 지레 겁먹고 도망가는 거라고 ……."

"뭐 그렇게 말한다면 그렇다고 볼 수도 있겠지요."

어쩌면 세상의 모든 문제가 그렇다.

주는 사람과 받는 사람의 인식 차이에서 많은 문제가 생긴다.

주는 사람이 세상을 다 주었다고 말해도 받은 사람이 안 받았다고 느끼면 안 받은 거고, 상대는 별로 준 게 없다고 생각해도 받은 사람이 큰 것을 받았다고 생각하면 큰 것을 받은 것이다.

주고받은 것의 크기는 준 사람이 아니라 받은 사람에게서 결정된다.

이 점에서 그녀는 어릴 때부터 늘 자기가 마땅히 받아야 하는 사랑과 관심을 한 번도 못 받았다고 여기고 있었다.

또 자신의 매력에 상당한 자부심이 있었지만, 심리적으로는 자기를 작게 보고 있었다.

그 반사작용으로 남에게는 오히려 실제의 자기 이상으로 크게 포장해서 보여줬다.

킹카만 공략하는 것도 그 때문이다.

그러다가 남자들이 자기에게 끌려오면 작은 자기가 드러날까 봐 미리 차단한다.

그녀 행동의 밑바탕에는 이런 심리가 있는 것이다.

문제는 그녀가 이런 자신의 심리를 정확히 알지 못한 채 수많은 남

나를 가로막을 수 있는 사람이

오직 나뿐이듯이

나를 사랑하고 행복하게 해줄 사람도

오직 나뿐이다

성과 맺었던 관계 패턴으로 인해 오히려 남성들이 이유 없이 버림받았다는 상처를 받게 된다는 것이다.

"당신 말을 듣다 보니 자연스레 자식 가진 입장에서 생각해 보게 되네요. 만약 내 아들이 이런 사랑을 하다가 졸지에 버림받게 되면 그 애는 물론이겠지만 옆에서 바라보는 나도 많이 아플 것 같아요.

아버지를 이해할 수 없다고 했지요? 당신에게 차인 남자들도 당신을 전혀 이해하지 못할 거에요. 많이 상처받거나 분노하겠지요. 내가 뭘 잘못했는지 무엇 때문에 싫어하는 건지, 이유라도 알고 싶어 가슴이 답답할 거예요.

그리고 그런 아픔을 누구보다 이해할 수 있는 사람은 바로 당신이 아닐까요?"

그녀를 반성시키고자 이런 말을 한 것은 아니었다.

나를 찾아왔을 때 그녀는 이미 지쳐 있었다.

그런 황폐한 연애는 이제 그만둘 때라는 말을 그녀는 듣고 싶었을 것이고, 나는 그 말을 해주었을 뿐이다.

관계만큼 우리가 살아가는 데 있어 중요한 화두가 또 있을까?

부모 자식 관계, 부부 관계, 교우관계, 직장 동료와 상사 등 조직에서의 관계, 스승과 제자의 관계 등 우리는 혼자 살 수 없는 사회적 동물로서 관계 맺음을 하고 있다.

이러한 무수한 관계 맺음이 원활하면 얼마나 좋겠는가.

하지만 갈등 없이는 얘기가 안 되는 것이 인생사다.

결국 건강하게 살아가기 위해서는 한 번쯤 갈등을 유발하는 근원적인 문제를 짚고 가야 한다.

그것이 우리가 풀어야 할 삶의 과제다.

태어나고부터 한 번도 웃지 않은 아기를 웃게 하려고 노력하는 왕비님의 이야기를 담은 윤지회 작가의 그림책 《방긋 아기씨》를 읽어보라고 했다.

그녀가 말했던 사랑을 받지 못한 억울함을 볼 수 있다.

크고 화려한 궁궐에 살지만, 마음 둘 곳이 없었던 왕비님에게 예쁜 아기가 태어났다.

왕비님은 온종일 아기를 정성껏 돌보지만 이상하게도 아기는 웃지 않았다. 좋은 옷과 맛있는 요리, 재미있는 공연을 보여주었지만, 아기는 웃지 않았다.

이 대목을 눈여겨보면 아하! 하고 무릎을 치게 될 것이다.

왕비는 그녀가 사랑이라고 생각한 모든 것을 아기에게 주었다.

그러나 아기는 여전히 웃지 않았다!

만일 이 아기가 어른이 되어서 상담을 위해 내 앞에 앉았다면 아기는 나에게 뭐라고 하소연을 했을까 생각해 본다.

"엄마가 저를 위해 참 많은 것을 해줬다고 하는데 교수님, 전 받은 게 없어요."

왕비님이 주었다는 사랑은 왕비님의 것이다.

아기에게 전달이 되지 않았으니 말이다.

아기가 받고 싶은 것은 물리적인 환경이 아니었다.

자기를 보며 웃어주고 얼굴이 발그레해질 만큼 행복해하는 엄마의 정서적 안정감이라는 것을 왕비님은 몰랐다.

양육과정에서 이렇게 되면 아기는 자기 눈에 박힌 엄마의 근심 어린 얼굴과 표정을 상으로 찍어두고 자기 표상을 세우게 된다.

이렇게 세운 자기 표상을 가지고 대상 표상을 만들어 버린 아기가 타인을 만나게 되면 어떻게 되겠는가?

양육과정에서 양육자의 역할이 중요하다고 하는 이유는 바로 이것 때문이다.

심리학 용어로 '거울 효과'라는 것이 있다.

누군가 의미 있는 대상의 행동, 표정, 말투를 무의식적으로 따라 하는 현상을 일컫는다.

그림책 《방긋 아기씨》의 윤지회 작가는 이를 정확하게 그림으로 표현했다.

그림책 화면 가득히 아기의 두 눈을 그리고, 그 눈동자에 비친 엄마인 왕비님의 표정을 그려 넣었다.

그림책에서 웃지도 않은 채 파랗게 질린 듯한 은유의 푸른빛 얼굴은 불안과 우울을 그대로 담고 있다. 아기가 두 눈으로 엄마의 불안과 우울에 빠져들었다는 것을 알 수 있다.

이것을 바탕으로 심리적 상을 세운 아기는 불안했을 것이고 자기가 엄마에게 중요한 존재가 아니라는 생각을 했을 것이다.

고기를 먹어 본 사람이 잘 먹고, 사랑을 받아 본 사람이 줄 수 있다고도 한다.

그렇다면 웃어보지 못한 사람은 누구를 향해 웃어 줄 수 있다는 것 자체가 불가능하다고 해야 할 것이다.

당연히 관계가 편할 리 없다.

어찌해야 할지 난감한 상황이 계속되다 보면 자연스럽게 모두 단절을 선택한다.

자신을 스스로 가로막고 마는 것이다.

'자기가 자기 자신을 가로막다니, 누가 왜 그런 짓을 하겠는가?'

그런데 안타깝게도 많이들 그런다.

약하기 때문이다.

사람들은 누구나 남의 시선에 의존한다. 자기 잘못이 없는데도 세상 눈치를 본다.

잘못을 남에게 떠넘기는 게 쉽고 흔히들 그러는 것 같지만, 사실은 대부분 자기 안에서 잘못을 찾는다.

착해서가 아니라 약하기 때문이다.

그러나 그런 약함 속에서도 자기를 믿고 자기 안에서 희망을 끌어올리려는 마음이 중요하다.

영국 최초의 흑인 여성 판사 콘스턴스 브리스코.
브리스코가 쓴 《사랑받지 못한 어글리》 그림책에는 다음과 같은 대목이 나온다.

"이 세상에는 너를 가로막을 수 있는 사람이 딱 한 명 있어. 클레어, 이 말을 잊지 마. 내가 (안야 코르힌스키에게) 이 세상에 너를 가로막을 사람은 한 명뿐이라고 말했다는 걸 말이야."

"그게 누군데요, 선생님?"

"너다, 클레어. 너를 가로막을 수 있는 건 너밖에 없어. 너는 멀리까지 나아갈 능력을 갖추고 있단다. 그냥 가기만 하면 돼."

가혹한 모멸과 학대를 받으면서도 자기를 하찮게 생각하지 않고 사랑받을 자격이 있는 사람이라고 스스로 믿었던 주인공 클레어.

클레어는 '세상은 자기를 믿는 사람을 믿어준다'라는 말을 가슴에 품고 일어섰다.

우리 모두 자기를 믿으며 자기 마음으로 세상을 보려 하는 사람을 신뢰하지 않던가.

그런 사람의 친구가 되고 싶지 않던가.

자기를 믿는 마음에는 힘찬 생명력이 있다.

그 힘은 주변 사람들마저 기분 좋게 감염시켜 생의 에너지를 끌어 올리게 한다.

이제 그녀는 지금의 연예 패턴에서 나와야 한다.

사랑을 받은 적이 없다고 계속 푸념하며, 반복적으로 지쳐가는 관계 맺음으로 시간을 허비하고 감정을 소모하고 또 종국에는 헤어지는 단절을 선택하여 더러운 기분을 느끼는 그 패턴에서 말이다.

살아가는 일은 항상 연속선상에 있다.

가끔이라도 나를 사랑이라는 감정으로 초대해보자.

그 감정 안에는 자신이 충분히 흡족할 만한 선물이 가득 마련되어 있다는 것을 알게 해주자.

그리고 나를 가로막을 수 있는 사람이 오직 나뿐이듯이 나를 사랑하고 행복하게 해줄 수 있는 사람도 오직 나뿐임을 잊지 않도록 해주자. 🍃

부메랑처럼
돌아오는
무의식의 감정

―   강의하면서 만나는 학생들에게 종
종 물어본다. 연인과 헤어지게 될 때, 내가 헤어지자고 먼저 말한 경
우와 헤어짐을 당하였을 때 어느 쪽이 더 아프겠냐고.

학생들은 백이면 백, 헤어짐을 당한 쪽이라고 말한다.

실제 이별을 경험한 학생들의 말을 들어보아도 헤어짐을 당한 쪽이
더 아프다는 것에 동의한다.

똑같은 헤어짐인데 왜 헤어짐을 당한 쪽이 더 아플까?

버림받았다는 데에서 오는 자존심의 상처가 있을 것이고, 상대가
왜 그러는지 모르는 데에서 오는 답답함이 있을 것이고, 여전히 상대
를 좋아하고 있는 데에서 오는 그리움이 있을 것이다.

이 모든 것이 합쳐지면 확실히 헤어짐을 당한 쪽이 더 아프다.

이런 이야기를 하고 있다 보면 학생들이 농담처럼 말한다.

"앞으로 연애하면 꼭 내가 먼저 헤어지자고 해야지. 이별도 슬픈데
더 아프기까지 하면 억울하잖아."

하하, 나는 웃는다.

그게 마음먹은 대로 되면 …….

그런데, 왜 헤어짐을 당한 쪽이 더 아픈 걸까.

또 왜 그렇게들 생각하는 걸까.

여기에 주체와 비주체의 차이가 있다.

어쩌면 헤어지자고 먼저 말하는 쪽이 더 아플 수도 있다.

중요한 건, 먼저 말하는 쪽은 그 문제를 스스로 결정했다는 것이다.

스스로 결정하여 스스로 받은 아픔이다.

자기 내적으로는 이미 정리가 된 이야기라는 거다.

반면에 상대는 이별 준비가 되어있지 않았다.

때문에 헤어짐을 당하는 쪽의 아픔은 이별하는 그 순간에야 처음

시작된다.

먼저 말하는 쪽은 몇 달이나 혼자 고민하다 말했는지 몰라도 당하

는 쪽은 짧은 시간에 집약적으로 아프다.

그러니 아픔의 크기가 더 크게 느껴질밖에.

더구나 헤어짐을 당하는 쪽의 아픔은 결정권이 없는 아픔이다.

먼저 말하는 쪽은 비록 이별을 결정하기 전에 심한 갈등을 겪었다

해도 어쨌거나 자신이 선택한 것이다.

그러나 당하는 쪽은 결정권이 없다.

날아온 돌을 맞을 뿐이다.

어찌어찌해서 아픔을 잘 삭인다 해도 그건 현실을 인정해서 체념하고 마는 수동적인 견딤이지 자기가 선택한 게 아니다.

억울함이나 분노는 그것대로 남는다.

주체적인 이별이 아니어서 그렇다.

주체와 비주체는 이렇듯 연인 간 헤어짐의 아픔 하나에도 큰 차이를 만든다.

사람은 스스로 선택한 아픔에 대해서는 어쨌거나 적응을 하고 이겨낸다.

오히려 아픔조차 에너지화시켜 다른 일에 써먹을 수도 있다.

그러나 자기 의지와 상관없이 날아온 아픔은 사람을 무력하게 만들고 내면에 쉽게 지워지지 않는 흉터를 남긴다.

맞은 사람이 발 뻗고 잔다고?

그건 양심의 차원에서 그렇다는 말이지 현실에서 맞은 쪽은 억울함에 자다가도 벌떡 일어난다.

때린 이의 아픔은 의식 표면에 있고, 맞은 이의 아픔은 가슴 깊은 곳에 내면화된다.

무의식에 박히는 상처는 대개 이렇다.

'자신의 의지와 상관없이 속수무책으로 당한 상처.'

이런 상처는 가난이나 폭력 등 물리적인 환경에서 비롯되기도 하지만, 대부분 사람 간의 관계 맺음이 올바르게 형성되지 못해 정신적으로, 정서적으로 억눌린 것이 많을 때 주로 발생한다.

때문에 재벌 2세도, 대통령의 자녀도 이런 상처는 생긴다.

이런 상처 중에서도 아픔이 특별히 커서 영혼에 흉터를 남긴 것들은 시간이 많이 지나도 무의식에 그대로 존재하여 우리의 '현재'에도 영향을 미친다.

"사실, 남들이 놀라거나 막 기뻐하거나 할 때 남들과 같은 반응이 제겐 일어나지 않아요, 특히 슬픈 상황에 모두 눈시울이 붉어지는데 전 눈물이 안 나요."

어느 때부터인지 모르지만 자신이 너무 메마르다고 느껴오긴 했지

만, 그것이 그다지 크게 문제가 되지 않았고 사는 데 지장을 초래할

만한 일이 아니라 여겼다.

그런데 발령받고 이듬해 학교에서 담임을 맡으면서 학생들이 다가

와 건네는 상담들이 너무 힘들고 거기에 어떻게 대응해 줘야 할지 막

막해서 학교 가는 것이 공포라고 하는 A 교사를 만났다.

그녀의 얼굴은 20대라고는 믿지 않을 만큼 생기가 없었고 무기력

의 상흔들이 잔뜩 묻어있어서 안타까움을 자아냈다.

"선생님이 되고 싶어서 정말 열심히 공부했어요."

"무엇이 그렇게 선생님이 되고 싶은 마음을 자극했을까요?"

침묵이 흘렀다.

"학교에서 공부를 잘했는데 시험 보고 진학 상담할 때 문과에서 배

치표상으로 갈 수 있는 최고 학교가 그래도 00교대였어요."

"선생님이 되고 싶었다기보다 최고가 되고 싶었던 건 아니었을까요?"

무던히도 속을 썩이는 아버지와 그런 아버지에게 우악스럽게 대들

어가며 삼 남매를 키워내는 어머니 사이에서 막내로 자란 A 교사는

그 굴레를 벗어나고 싶었다고 했다.

빌라 거지, 휴거지아 등의 신조어를 만들어내서 주거 형태를 비하

하는 아이들에게 들키지 않으려고 기어이 먼 길을 돌아다녔고, 학교에서는 친구들과 거리를 두고 공부에만 집중하는 동안 나름대로 성적으로 인정받으면서 중심에 설 수 있었다. 하지만 그녀는 오빠와 언니가 엄마와 아빠의 갈등 사이에서 힘들어하는 모습을 볼 때마다 자신은 감정 소모를 하지 말자고 다짐하고 또 다짐했다고 했다.

말하자면 감정을 에둘러 외면한 것이다.

친구들과 어울리고 싶은 감정, 때론 속상한 감정, 엄마에게 따지고 싶은 감정, 아빠를 위로하고 싶은 감정 등 모든 감정을 억눌러 놓고 그저 눈감고 모른척했다.

오로지 고우(go)라고 하는 목표만을 바라보고 뛰는 선수였다고 한다.

이 길만이 이 굴레에서 벗어날 방법이라고 생각했다.

"아이들이 제게 상담을 요청하면 겁부터 나요. 뭐라고 말해줘야 할지, 그런데 그 이전에 아이들의 상담 내용에 공감조차 가지 않는 거예요. '그냥 모른척해, 잊어버려'라고 말해줬다가 문제가 커지고. 이런 일이 몇 번 반복되다 보니 그 이후부터는 정말 겁부터 나요."

"이 책 한번 읽어 볼래요?"

영국의 유명 작가 올리버 제퍼스가 전하는 진한 여운과 감동의 그림책《마음이 아플까 봐》를 권했다.

세상에 대한 호기심으로 가득찬 한 소녀 그리고 그 소녀의 곁을 언제나 지켜주는 할아버지.

소녀에게 할아버지는 세상과 소통하는 창과 같은 존재다.

그런데 갑자기 어떤 마음의 준비도 없이 소녀는 할아버지를 잃고 너무도 두려운 나머지 그만 마음을 떼 내어 유리병에다 넣고 만다. 유리병에 가둔 마음은 더는 아프지 않았지만, 세상에 대한 그 어떤 호기심도, 열정도 사라져 버리고 시간만 흐르게 된다.

어느 날, 소녀는 바닷가에서 한 아이를 만나고, 그 아이로부터 예전에 소녀가 할아버지에게 물었던 것과 똑같은 질문을 받았다.

"코끼리는 왜 바다에서 수영을 못해요?"

이 책의 독자라면 알 것이다.

소녀가 이 질문에 대답할 수 없었다는 것을.

그리고 소녀 자신이 그동안 이 두려운 감정과 마음을 저 밑 무의식의 창고에 가두어 놓았다는 것을.

물론 책에서는 은유적으로 유리병에 넣었다고 표현했다.

이렇게 가두어둔 감정은 점점 생기를 잃어간다.

살아있는 감정이라면 오롯이 마주할 것들을 지레 잘라내어 구겨 넣었으니 어쩌겠는가.

문제는 여기가 끝이 아니다.

마음이 무의식의 창고 안에서 고이 자리해주면 좋으련만 이 녀석이 주인도 모르게 의식 바깥으로 자꾸 튀어 오르려는 속성을 가지고 있어서 아무리 애를 써도 억누르기가 쉽지 않다.

게다가 오래도록 주인에게 외면당한 상태여서 그 억울함에 종종 고약하게 굴기도 한다.

이처럼 책에서도 무의식으로 한번 던져진 마음은 쉽게 꺼낼 수 없다는 것을 함축적인 의미를 담아서 표현했다.

"살면서 만났어야 할 많은 감정! 선생님이 마땅히 만져주고 위로해주었어야 할 감정들이 이제 아이들을 통해 선생님을 찾아왔네요."

무의식 속에 오래도록 방치된 마음은 때로 본성의 나를 잃게 만들고 심지어 '나는 누구지?'라고 하는 근본적 물음으로 자신을 혼란하게 만든다.

그리고 이 물음이 종국에는 다시 자신에게 돌아온다. 가두고 피했다고 해서 영영 넘어갈 성질의 것이 아니란 뜻이다.

감정은 자신의 의식과 별개로 또 하나의 인격을 갖추고 있다.

의식적으로 감정을 아무리 도려냈다 해도 여전히 자신의 삶에 영향을 미치는 이유이다.

방치하다 보면 결국에는 주체였던 자신이 무의식이라는 녀석에게 휘둘리는 비주체가 될 수 있다. 무미건조한 감정으로 삶이 메마르다고 느꼈을 때, 이전에 없던 감정이 나를 불편하게 해서 '지금-여기'에서 도망치고 싶을 때가 바로 그 순간이다.

비주체에서 주체로 회복한다는 것은 무의식을 의식화하는 것이다.

이제라도 외면하고 무의식 속에 가둔 나의 감정에 관심을 가져보자.

때때로 깊은 내면에 묻어두고 침묵으로 회피했던 마음을 꺼내 다독여보자. 더는 감정이 휘둘리지 말고, 오롯이 내 삶의 주인으로 당당히 서는 그때까지. ✿

넷

다르다고
틀린 건
아니잖아

—   "삶을 더 이어가야 할지, 이쯤에서
딱 접어야 할지 심각하게 고민 중이에요."

집단상담으로 진행되는 프로그램에 참여한 그녀는 여리디여린, 그
러나 짧은 커트에 야상점퍼를 입어서 어딘지 보이시한 느낌이 강하게
풍겼다. 그녀가 상담 첫 시간에 한 말이다.

하얀 얼굴에 목이 긴, 그러면서 어딘지 외로움이 짙게 드리운 눈 그
림자가 인상적이었다.

일부러 그러는 듯한 그녀의 남성적인 어투와 태도에서 많은 것이
느껴졌지만 늘 그것을 단정적인 메시지로 해석하지 않는 것이 상담자
의 자세이기에 기다리기로 했다.

다만 단호하면서도, 그러나 떨리는 듯한 그녀의 고백 내용에서 나
는 내심 놀랐다.

모임에 참석하는 분들은 저마다 마음에 상처 하나씩은 갖고 있다.

하지만 처음부터 그런 극단적인 말을 하는 사람은 흔치 않다.

"미래에는 어떤 모습일 것 같아요?"

"지금의 문제가 해결되면 삶이 연장되겠지만, 아니면 미래 자체가
없는 거지요."

아예 대놓고 극단적 선택을 암시하고 있었다.

"지금의 문제가 어떤 건데요?"

그녀는 거기에서 입을 닫았다.

30대 후반의 한창 열정이 가득할 나이에다 교사라는 안정된 직장도 있었다.

프로그램이 진행되는 중에 자살자가 발생하는 초유의 사태가 오는 건 아닐까 하는 생각마저 잠깐 했다.

심리상담을 해오면서 마음이 극도로 침체돼 있거나 당장이라도 무슨 짓을 저지를 것 같은 충동에 휩싸여 있는 분들을 적잖게 보아왔다.

하지만 그 여성만큼 나를 긴장시킨 사람은 드물었다.

내담자들은 억울함이든 분노든 대개는 자신의 감정을 밖으로 드러낸다.

그런데 그녀는 자살을 암시하면서도 취미가 무엇이냐는 물음에 대답하듯 너무도 담담했다.

오히려 지나치게 무표정했다.

요즘 아마추어 도전자들을 대상으로 한 각종 서바이벌 프로그램이 유행을 넘어 고정채널이 되었다.

TV에 보이는 수많은 지원자의 열띤 풍경은 그 모습 자체만으로 시청자들을 설레게 한다.

트로트 열풍을 일으킨 프로그램, 우리의 기억 밖으로 내몰렸던 가수들을 다시 소환해 내는 프로그램 등 다양한 장르들을 통해서 신선한 감동을 주고 있다.

그중에서 가장 인상 깊었던 장면이 있었다.

나이 오십을 바라보는 주부가 자신이 암 환자임을 말하면서 결혼을 앞둔 딸에게 마음을 전하는 부분이다.

'엄마 이렇게 잘 이겨내고 있으니 내 걱정 내려놓아라'

'앞으로 결혼해 살면서 힘든 날이 오면 이렇게 도전하는 엄마를 기억하며 이겨내야 한다'라고.

이 말을 하고 싶어서 출연을 결심했노라고 하는 장면에서는 웬만한 강심장의 시청자들도 눈물을 감출 수가 없었을 것이다.

안정된 대기업 사원이 사표를 쓰고 새로운 직업에 도전하겠다고 출연하고, 육십 넘은 아저씨가 배우를 해보고 싶다며 어린 날의 꿈을 아련히 읊조리기도 한다.

그들의 열정이 시청자에게까지 전해지면서 응원의 마음을 불러일으킨다.

TV 프로그램 『순간포착 세상에 이런 일이』를 보면 온갖 독특하게 사는 분들이 출연한다.

길거리에서 춤을 추며 지나가는 모든 사람에게 반갑게 인사하는 사람, 수많은 '반짝이' 옷을 모으며 하루에도 몇 번씩 갈아입는 사람, '이 세상에서 제일 유명한 세계 여왕'이라는 다소 촌스러운 간판을 내걸고 여왕 같은 화장과 옷차림으로 미용실을 운영하는 사람, 전국의 산을 돌아다니며 묵묵히 등산로를 만들고 고치는 사람, 도로 교통에 방해되는 모든 지형지물을 찾아내 끊임없이 민원을 제기하는 사람 ······.

그야말로 '세상에 이런 일이' 다 있구나 싶다.

그런데 이런 분들에게는 공통점이 있다.

등장하는 분들 대부분이 하루하루를 즐겁게 보내고 있다는 것이다.

남들이 보기에는 엉뚱하고 미련해 보일지 모르지만, 자신은 그렇게 행복해할 수가 없단다.

왜?

자기가 하고 싶은 일을 하기 때문이다.

세상에서 가장 행복한 사람은 자기가 하고 싶은 일을 하는 사람이다.

자기가 하고 싶은 일을 하고 있으면 하루하루가 즐겁다.

잠자리에 들 때면 내일 할 일에 벌써 설레고, 아침에 깨면 누가 시키지 않아도 신나게 움직인다.

행복은 성적순이 아니라 열정 순이다.

무슨 일이든 열정적으로 움직이는데 행복하지 않을 리가 없다.

등산로 만드는 일 같은 것은 사회적으로도 의미와 보람이 있겠지만, 그밖에 일에 대해서는 아무 의미 없는 일 아니냐고 그저 괴짜로만 바라볼 수도 있다.

무슨 상관이랴. 열정 자체가 의미인 것을.

열정으로 사는 사람은 그 열정 자체가 삶의 에너지이고 기쁨의 원천이다.

무슨 의미가 또 필요하겠는가.

열정은 열정에 빠진 사람을 행복하게 하고, 그 열정을 바라보는 이들에게마저 설렘을 준다.

앞에서 말했던 여성, 그녀가 너무 쉽게 자기 마음을 이야기하니까 '왜 자살을 생각하느냐?'고 직접적으로 묻기가 오히려 이상했다.

'사는 게 싫어요' 하고 심드렁하게 대답하면 그만이기 때문이다.

늘 어두운 계열의 옷을 입지만 그녀의 표정은 특별히 어두워 보이지는 않았다.

다만 모든 게 시들하고 재미없다는 표정이었다.

마음에 자물쇠가 채워져 있는 건 분명하지만, 어떤 특별한 경험으로 인해 받은 상처 때문이라기보다는 장기간에 걸쳐 서서히 사는 일에 무심해져 온 것 같았다.

그녀의 개인 사정을 일부나마 들은 건 김중미 작가의 《괭이부리말 아이들》 책으로 치유 여행을 할 때였다.

이 소설은 달동네를 배경으로 해서 가난한 사람들 이야기가 많이 나온다.

배가 고파 먹을 것을 훔치는 아이, 어머니에게 버려진 아이, 술 취한 아버지에게 매 맞는 아이 ……..

이런 사람들의 이야기를 읽으며 어떻게 해야 부모와 아이 사이가 건강해질 수 있는지에 대해 각자 생각을 나누었다.

그때 그녀가 모처럼 자기 이야기를 꺼냈다.

그녀에게는 언니가 있다고 했다.

언니는 어머니를 닮고 그녀는 아버지를 닮았다고 한다.

어머니는 굉장히 현실적이고 이해타산에 민감한 분이란다. 사람 사이의 모든 관계를 오직 돈 문제로만 결부시키는 사람인 듯했다. 딸들에게 늘 "살아가는 데에 도움이 되지 않는 친구는 사귀지도 말라"고 당부했다고 한다.

그녀는 그런 어머니가 너무 싫었다.

그러나 언니는 어머니의 말을 충실히 따르며 살아가고 있다고 했다.

그날은 거기까지만 들었다.

어렴풋이 느껴지는 게 있었지만, 그녀를 힘들게 했던 게 무엇인지 정확히 알 수는 없었다.

그녀에게서 조금 더 자세한 이야기를 듣게 된 건 그다음 주에 진행된 1박 2일 워크숍에서였다.

그날 어떤 분이 부모 사이의 갈등에 관해서 이야기했는데, 그 고백에 용기를 얻었는지 그녀도 자기 부모 이야기를 꺼냈다.

아버지는 선비 기질을 가진 분이라 했다.

들은 대로라면 생각이 건강하고 윤리적인 분이었다.

어머니는 그런 아버지를 한심해하며 늘 구박했다.

어머니 시각에서는 법 없이도 살 수 있는 사람이란 사회적 무능력자일 뿐이었다.

그녀는 그런 아버지가 불쌍하고, 그런 어머니가 싫었다고 했다.

자기 부모를 보면서 가치관이 다른 사람끼리 함께 사는 게 얼마나 힘든가를 알게 됐기 때문에 결혼이 두려워 지금까지도 결혼 생각은 아예 안 한다고 했다.

말문이 터진 그녀는 세상의 일반적 시선에 대한 불만도 이야기했다.

결혼을 하고 안 하고는 개인의 성격이고 선택일 뿐인데 사람들은 결혼을 군이 할 필요 없다고 느낀다는 자기를 무언가 잘못된 사람으로 본다고 했다.

게다가 자기는 꾸미는 데 시간을 낭비하고 싶지 않아 헤어 스타일을 커트로 하고, 활동하기 편하게 바지와 야상점퍼를 걸치는 것뿐인데 가끔 교장 선생님이나 학부모가 대놓고 '혹시 레즈비언은 아니시죠?'라고 묻는다는 것이다.

인간관계를 맺는 데에 좀 소극적이긴 하지만, 남에게 피해를 주는 것도 아닌데 차림새나 풍기는 분위기를 전제하고 왜 사람을 어떠어떠하다고 규정짓고 평가하느냐고 항변했다.

자신의 삶을 일방적으로 규정하는 다른 사람의 시선에 대해 그녀는 강한 어조로 불만을 토로했다.

그녀에게서 외로움과 억울함이 보였다.

그녀가 토로하는 이야기는 그 자체만 보면 크게 심각한 문제가 아니다.

세상에는 구구절절 파란만장한 사연을 지닌 사람이 많다.

상담 치료를 하면서 나는 듣는 것만으로 가슴이 메는 이야기를 많이 접한다.

그런데 그녀가 털어놓은 이야기는 어머니가 너무 현실적인 이해관계만 중요하게 생각하는 사람이어서 자기와는 맞지 않았다는 것, 아버지를 구박하는 어머니가 보기 싫었다는 것 정도다.

거기에 하나 더, 자기가 인간관계에 소극적이고 결혼을 꺼리며 '여자는 이러해야 해'라는 사회에서 요구하는 모습에서 조금은 벗어난 삶을 산다는 것만으로 비정상 취급을 받는다는 것에 불만이 있다는 것이다.

표면 이야기는 거기까지다.

이해할 수 있는 이야기이지만 조만간 자살이라도 할 것처럼 비탄에 잠길 만한 사연은 아니었다.

'그 정도로 죽는다면 세상에 살아남을 사람 하나도 없겠네?'

누군가는 이렇게 비아냥거릴지도 모른다.

그런데, 사람은 바로 이런 것으로 죽는다.

남은 알 수 없는 것, 남은 이해해 주지 않는 것 때문에 죽는다. 유명 여배우가 자살하고 개그우먼이 유명을 달리하는 것과 똑같은 잣대이기도 하다.

'유명하고 돈 많고 단짝 친구도 많으면서 왜 죽어?'

안타까워서 그런 말을 할 수는 있겠지만, 스스로 목숨을 끊는 사람의 절박한 심정은 누구도 모른다.

흔히 '남모를 아픔'이라 말하는데, 남은 모른다는 그것이 가장 아픈 일이다.

사람이 생을 포기할 때는, 남모를 아픔이 있기 때문이다.

그녀의 '남모를 아픔'은 무엇일까?

그녀는 아버지를 닮아 고상한 품성을 타고난 것 같았다.

남을 배려하고 선한 것을 지향하고 돈보다는 의미를 먼저 생각하는 품성이다.

그런데 어머니는 그녀가 지향하는 가치를 쓸모없고 하찮은 것으로 치부했다.

'세상을 선한 마음만 가지고 살 순 없잖니?' 하는 정도가 아니라 그녀의 생각을 아예 쓰레기 취급했다.

한심하고 연약한 것으로 보았다.

남편에 대해 '그놈의 고고한 성품이 밥 먹여줘?' 하는 비아냥을 노골적으로 던지면서 그런 아버지를 닮은 그녀에게도 끊임없이 잔소리를 퍼부어댔다.

그녀가 하고 다니는 모습조차도.

아버지야 어머니와 동급에 있는 사람이니 참고 살면 된다. 가끔 상처는 받겠지만 아내 때문에 새삼 자기 가치관이나 삶의 태도를 바꾸지는 않아도 된다.

하지만 자식의 처지는 다르다.

나이 어릴 때 부모란 유일하게 의지하는 대상이자 가장 두려운 상대이다.

나보다 강하고 나의 일상을 통제하고 나를 버릴 수도 있는 존재다.

부모가 신념을 갖고 주장하는 것을 어린 자식이 부정한다는 것은 현실적으로도 심리적으로도 쉽지 않다.

그녀는 어머니 생각에 반발하면서도 한편으로는 세뇌를 당했을 것이다. 그녀는 어머니의 세계관을 받아들여 구박도 안 받고 마음도 편해지고 싶었을 것이다.

가정에서 현실적 힘을 지닌 어머니의 말을 부정하려면 용기가 필요하다.

심리적 혼란도 상당하다.

그녀는 어머니의 가치관을 따르고 싶었을 것이다. 그런데 타고난 성품이 끝내 그쪽을 받아들이지 못했다.

그녀의 내적 상처는 거기에서 시작되었다.

자기가 그리워하고 바라는 세상은 하찮은 것이고, 저 알 수 없고 섞여 살기도 자신 없는 이상한 세계로 자꾸 가라고 한다.

자기 성향대로 사는 것에 당당하지 못하면서 반대쪽의 속물적 가치관을 받아들이지도 못하는 그녀.

그러다 보니 일상의 모든 문제에서 갈등을 겪는다.

어떤 행동이 옳은지, 어떤 게 제대로 사는 건지 알 수 없다.

그녀는 이런 혼란스러운 마음으로 유년기와 10대, 20대, 30대를 지나왔다.

그 사이 어딘가에, 더는 옳고 그름에 대해 생각하기를 포기한 저 총명하고 착했던 소녀가 서 있게 된 것이다.

맥없이 시들어가는 모습으로 …….

이것이 옳고 그름이 아닌 다름으로 가치화되고 세상의 이 부분이 이 모양이면 또 다른 저 모양이 있는 거라고 유연하게 생각할 수 있었다면 얼마나 좋았을까?

마음이 아프다.

다름을 인정받지 못하고 아니, 인정받지 못한 것은 고사하고 부정 당해 버린 그녀는 무엇인가를 열망하고 추구하고 꿈꾸는 법을 잊어 버렸다.

처음부터 배우지 못했다.

어차피 자신이 그리는 세상은 쓸데없는 망상에 지나지 않는다고 생각하며 희망보다는 좌절감을 먼저 배웠다.

원죄 의식이다.

나는 잘못 태어났나 봐. 나는 무언가 잘못된 사람인가 봐. 이런 원죄 의식이 소녀의 가슴에서 생기를 빼앗아 적막한 곳에 움츠리게 했다.

자기 생각이 옳은지 그른지 자신이 없어 어느 자리에서도 소극적이었고 사람들과도 의례적인 관계로만 지냈다.

친구를 원했지만, 친구를 만드는 법을 알지 못했다.

아무것도 기대하지 않는 삶, 무엇인가를 위해 꼬박 밤을 새우는 시간이 한 번도 없는 삶, 성취하고 싶은 자기만의 목표가 없는 생활은 죽은 삶이다.

허무는 별것이 아니다.

하고 싶은 일이 없으면 허무다.

그녀는 어린 시절부터 어머니의 조롱과 야유로 가치 지향적인 자기 품성을 봉쇄당했다.

자기가 좋아하는 것일수록 남의 눈치를 살피며 머뭇거리는 본능적 위축이 생겼다.

단 한 번도 무엇을 적극적으로 욕망하거나 신념을 세워 본 일이 없다.

자아실현의 욕망이 없는 삶이 되어 버렸다.

그렇게 되면 산다는 일이 무의미할 수밖에 없다.

하루하루가 비슷한 날들의 반복일 뿐이다.

그런 사람이 죽음을 생각해 본다는 건 이상한 일이 아니다. 죽은 듯이 사는 거나 그냥 죽는 거나 마찬가지니까.

그런데 주변에서 어느 누가 그녀의 이러한 내면을 읽어줄 것인가.

그녀는 외로웠을 것이다.

아침에 눈을 떠 직장에 나가는 일이 그녀에겐 아무런 의미 없는, 살아있으니까 하게 되는 '과업'일 뿐이다.

퇴근해 집에 돌아오면 아무것도 달라질 것 없는 내일이 그녀의 눈에는 벌써 보였을 것이다.

'내일은 차라리 죽어버리면 어떨까?'

무지막지한 고통 때문이 아니라 그저 의미가 없어서 권태로워서 딱히 희망을 품고 기다릴 일이 없어서 죽음을 생각해 본다.

심리학적으로 그녀에게 필요한 건 일상 속에서 사소한 기쁨을 배워가는 일이다.

꼭 하고 싶은 것들의 목록을 하나둘 만들어가는 일이다.

하지만 어떻게 하면 그렇게 될까?

그런 것이야말로 그녀가 바라던 삶이었는데, 어머니가 세상으로 향하는 그 마음을 멈추게 하지 않았던가.

어떻게 해야 그녀는 출근하면서 만나는 동료들에게 환히 미소를 지을 수 있을까.

어떻게 해야 그녀는 자기가 가르치는 아이들 반에 들어가면서 '오늘은 어떤 일들이 기다리고 있을까?!' 하고 신나게 기대할 수 있을까.

그것이야말로 그녀가 간절히 바라는 생인데, 그 오랜 빗장을 스스로 열고 나오도록 누가 손을 내밀어 줄까.

나는 프로그램을 떠나 그녀와 개인적으로 많은 이야기를 나누었다.

시내를 걸으며 떡볶이도 사 먹고 선물도 주고받았다.

그녀가 일상 속에서 작은 기쁨들을 발견해내길 바랐다.

그러면서 자기 안의 오래된 열망과도 만나기를 바랐다.

어느 때부턴가 그녀가 적극적으로 말을 하기 시작했다.

이해받음을 통해, 지지와 격려를 통해, 그녀는 조금씩 자신감을 회복하는 것 같았다.

무엇보다도 자신이 살아온 삶의 방식이 틀린 것이 아니라 다른 것이고 결혼을 비롯한 여러 상황에서 그녀가 선택한 것이 누군가의 기준에 휘둘릴 일이 아니라 그녀가 주체가 되어 세운 자신만의 기준으로 충분히 가치 있는 일이란 것을 알아가고 있었다.

그런 어느 날, 그녀가 골랐던 야상점퍼는 기존의 검정과 브라운 색상이 아닌 파스텔 색조의 봄 색깔로 바뀌어 있었다.

그녀는 살아나고 싶어 했다.

걸음마 배우듯 조금씩 조금씩 자기 자신을 믿었고, 조심스럽게 자신을 사랑하기 시작했다. 아침이 되어서야 수줍게 꽃봉오리를 여는 나팔꽃처럼 자기 안에 오래 감춰져 있던 속살에 햇빛을 쏘이기 시작했다.

아, 그것은 얼마나 황홀한 시간인가.

나는 고맙게도 그런 '아름다운 열림의 자리'에 초대되어 수줍게 문 열고 나오는 한 영혼의 개화를 바라볼 수 있었다.

내가 심리상담이라는 일을 하면서 가장 보람차고 정말 고맙다고 생각하는 순간이 이런 때다.

주눅 들어 있던 영혼이 힘차게 개화하는 모습은 정말 신비롭다.

그럴 때마다 나는 새삼 사람이란 한없이 허약하면서도 강하고 매력적인 존재라는 것을 느낀다.

그녀에게 캐나다 작가 가브리엘 루아의 《내 생애 아이들》 소설과 서아프리카 가나 작가 제임스 애그레이의 《날고 싶지 않은 독수리》 그림책을 읽어 보라고 권했다.

두 책이 그녀에게 충분히 자극될 거라 믿으면서.

그림책 《날고 싶지 않은 독수리》 첫 장을 넘기면 험상궂게 생긴 남자가 숲에서 놀란 눈빛의 주인공 독수리를 잡아 와 닭과 오리가 함께 있는 우리에 넣고 닭 모이를 주며 독수리를 키우는 것에서부터 시작한다.

몇 년 후 그곳을 들른 동물학자가 닭장 속의 독수리를 보며 놀라 묻자, 남자는 저 독수리는 이제 독수리가 아니라 닭으로 길러졌으니 닭이 되었다고 이야기한다.

하지만 동물학자는 독수리에게는 아직 독수리의 마음이 남아 있다고 믿는다.

그래서 독수리를 날게 하려고 애를 쓴다.

주먹 위에 올려놓고 날아 보라고 하고, 지붕 위에 올라가 날아 보라고 하는데 그때마다 독수리는 번번이 닭들의 세계로 돌아가 버린다.

하지만 독수리의 마음이 남아 있음을 믿고 포기하지 않는 동물학자는 마지막으로 독수리를 멀리멀리 높은 산으로 데리고 가 그곳에서 태양을 응시하도록 자극을 주면서 독수리의 정체성을 되찾아 준다,

이 책을 추천한 첫 번째 이유는 무엇보다 그녀가 본성으로 가지고 있었던 마음 때문이다. 비록 닭과 오리처럼 길러졌어도 독수리가 본성을 잃지 않았던 것처럼 그녀의 본성은 내면에 오롯이 있다는 사실

을 확인하게 해주고 싶었다.

당연히 혼란스러웠을 것이다. 하지만 그녀에게 힘들었을 거라는 위로와 더불어 희망을 주고 싶었다.

두 번째 이유는 가나의 작가 제임스 애그레이가 작가로서의 소명과 이 소명을 실천하는 데 의미가 있어서였다. 식민시대를 사는 아프리카인들에게 자신이 진정 누구인지를 알고 날아오르라는 작가의 메시지.

즉 힘없고 억압받는 사람들이 쉽게 선택하는 안주함과 편안함에 대한 익숙함을 깨고 극복의 의지로 어서 빨리 독수리 본래의 자긍심을 되찾으라는 메시지가 지금 그녀에게도 필요하지 않을까 싶었다.

또한, 교사로서 그녀가 가지고 있는 일말의 자긍심에도 힘을 넣어주고 싶었다.

그리하여 그녀가 만나는 수많은 학생에게 이 책에 나오는 동물학자의 열정을 다시 나누어 줄 수 있기를 바라는 마음도 있었다.

얼마 후 그녀는 이 책에 감명받았다고 눈을 반짝이며 말했다.

그녀는 전에도 성실한 교사이기는 했으나 그 성실은 타고난 성품으로 자기 직분에 충실했을 뿐, 그 이상은 아니었다.

그러나 이 그림책을 읽어가며 그녀는 차츰 직업일 뿐이던 교사로서의 일에서 자발적인 열정과 기쁨을 느끼기 시작했다.

아이들과 공부하는 게 즐겁고, 저녁이면 자기 반 아이들에게 힘내라고 문자도 보낸다고 했다

그녀의 변화가 내심 기뻤다.

그래서 한발 더 나아가 차재혁 작가의 《이 선이 필요할까?》 그림책을 추천했다.

사이좋게 형제가 놀고 있는데 어디서 '툭' 하고 둘 사이에 초록색 선이 놓인다.

그 순간 동생은 형에게 선을 넘어오지 말라고 말한다.

그런데 누가 언제부터 이 선을 그어놓았을까.

동생도 형도 잘 모른다.

'이 선은 뭘까' 하는 궁금한 마음이 든다.

그 선을 따라가기로 하면서 형제의 모험이 시작된다.

선은 다정했던 두 아이를 갈라놓는 경계선이 되기도 하고 둥근 감옥이 되기도 한다.

젊은이에게도 선은 놓이고 그 선은 스스로를 옭아매는 틀이 되기도 한다. 또 어떤 이는 선 안에 갇혀 나오지도, 남을 들어오지도 못하게 만들기도 했다.

선들은 싸우는 듯하나 싸우지 않고 또 평행일 것 같으면서 또 어우러진다.

형제는 어지럽기만 한 선을 초록 실타래 모양으로 둥글게 감으면서 꾸준히 걷는다.

그런데 반대편에서 어떤 할머니가 그동안 수많은 분열의 선을 하나의 타래로 감으면서 걸어오고 있었다는 걸 알게 되고, 둘은 마주하게 된다.

이 그림책은 전쟁, 이념 갈등, 인종 차별 등의 깊은 주제들이 상징과 은유를 통해 잘 표현되었다.

우리가 살아가며 만들어 놓은 이데올로기와 문화적 가치의 다름이 선으로 은유되는 잣대에 의해 나뉘고 서로를 할퀴고 급기야 싸우게 만드는 상황을 돌아보게 하면서 이 선이 왜 필요했는지에 대해 화두를 던지는 책이다.

맞고 틀리고의 문제가 아닌 다름의 문제를 잘못 해석했을 때 얼마나 많은 사람과 환경이 황폐해지는지를 여실히 보여준다.

강의 때마다, 상담 때마다 심지어 방송에서도 나는 그림책을 단순히 그림이 있는 책이라고 만만하게 볼 것이 아님을 강조하고 또 강조한다.

그림책은 쉽게 풀어내지 못할 다양한 주제를 시공을 초월해서 임팩트 있게 전하는 면에서는 탁월한 매체임이 틀림없기 때문이다.

나아가 강력한 치유 도구이기도 하다.

그랬기에 그녀에게도 그림책 여러 권을 권했고 그렇게 소개할 때마다 고마워하며, 그림책을 가슴으로 읽어 내려가는 것을 나는 여실히 보았다.

그녀는 책을 읽는 동안 감동과 함께 흐느꼈을 눈물, 위로, 자기 행위의 정당성에 대한 확신 등을 차곡차곡 쌓아가는 과정에서 다양한 열정의 존재들을 만났을 것이다.

아이들 하나하나를 다 꽃으로 바라보며 거기에 물을 주고 햇빛을 보게 해주는, 그림책 속 주인공인 열일곱 살의 아름다운 선생님에게서 자신을 보았으리라.

참된 본성을 일깨워주기 위해 새벽녘 무거운 독수리를 짊어지고 높은 산을 오르는 동물학자의 흐르는 땀에서 자연스레 흘러나오는 열정과 그런 열정이 만들어내는 인생의 참된 의미도 느꼈으리라.

동시에 자기 안에 억눌려 있던 열망도 그녀는 느꼈으리라.

세상이 만들어 놓은 편견과 잣대로 인해 항변만 해 왔던 그녀에게 그것들을 하나하나 감아가며 자신만의 논리로 강해지고 함께 그것을 나누며 풀어낼 수 있는 동료와 친구들이 있다는 희망에 기뻤을 것이다.

그녀가 그림책을 읽으면서 느끼는 감동과 기쁨은 한 마디로 자기 안에서 꽃을 만나는 시간이었다.

이제부터 진정한 사랑의 마음으로 아이들을 대하겠다고 다짐하는 그녀, 동료들과도 친하게 지내며 열심히 살겠다고 다짐하는 그녀를 보며 나는 행복했다.

열정에 가득 찬 모습은 그것을 바라보는 사람부터 행복하게 만드는 법이다.

그녀가 책을 읽으며 앉아 있는 방안에 꽃향기처럼 퍼지는 열정이 나에게도 전해졌다. 그녀에게 그것은 얼마나 행복한 독서였으며 자기와의 만남이었을까. ◀

사람 마음을
아프게 한다는
것은

— 　　　　　　　　　나는 직장에서 팀장이라는 중간관리자로 일하는 것이 얼마나 힘든지 알 턱이 없었다. 사실 직장이라는 곳에서 생활해 본 경험이 전혀 없다 보니 직장인의 심리, 또는 조직사회의 생리를 모르는 것이 당연하다.

그런 내게 아주 사실적으로 그 힘든 자리에 대해 일깨워준 30대 후반의 중간관리자 남성과 상담한 적이 있다.

나와의 만남을 권유한 것은 그의 아내였다.

남편이 직장생활에서 스트레스를 너무 많이 받아 자신이 힘든 것은 물론이고 집안 분위기마저 아슬아슬할 정도라고 했다.

남자는 임신 중인 아내가 하도 권유하자 태아를 생각해 마지못해 따라나선 듯했다.

쭈뼛거리며 들어선 남자는 그동안의 맘고생이 얼마나 심했던지 대화를 시작한 지 오 분도 안 돼 봇물 터지듯 자신의 불만을 호소하기 시작했다.

미치고 환장하겠다고 했다.

입을 열자마자 한 시간이 넘도록 줄줄이 마음속의 울화가 터져 나왔다. 그렇게 털어놓는 것만으로도 마음의 스트레스가 풀어질 수 있는 일이기에 나는 묵묵히 남자의 말을 들어주었다.

남자가 호소하는 내용은 어찌 보면 평범했다.

자기 아래에 네 명의 팀원이 있는데, 이들이 너무 책임감이 없고 수동적이어서 팀장인 자기가 모든 피해를 보고 있다는 것이다.

직장에서 흔히 있을 수 있는 일로 술자리에서 씩씩거리며 나눌 법한 이야기였다.

그러나 남자가 겪은 일들을 하나하나 듣고 있자니 단순히 직장생활의 고충이라기에는 남자가 받는 스트레스가 정말 장난이 아니겠다싶었다.

"저는 스물여덟에 회사에 다니기 시작했는데요. 그동안 위에서 지시한 내용을 한 번도 못 끝낸 적이 없었어요. 예상보다 늦을 때도 있고 상사들 마음에는 안 들었을 수도 있지만, 지시된 일을 피한 적은 한 번도 없었거든요. 근데 요즘 아이들은 정말 뭔 생각으로 사는지."

부서에 어떤 프로젝트가 떨어지면 팀원들이 처음에는 그럭저럭 움직인다고 한다. 회의하면 여러 의견이 나오고, 업무도 알아서 분담하고, 일의 전체 개념과 팀장인 자기가 하는 말을 잘 알아들은 것처럼 보인단다.

그런데 막상 일이 진행되면 한 발짝도 진전되는 게 없다고 한다.

이런저런 핑계가 무성하면서 입으로만 바쁘지 구체적으로 실행되는 게 없다는 것이다.

남자가 최근에 겪었던 일 한 가지를 들려주었다.

부하 직원인 팀원들에게 과제를 나누어 주며 언제까지 마무리하라고 지시했다. 정해진 날에 회의를 열었더니 두 명이 안 나왔다. 무슨 일이 있나 싶어 연락을 시도했는데 휴대전화가 꺼져 있어 연락이 되지 않았다.

어이없게도 그들은 결근한 게 아니라 잠적을 한 것이다.

어떠한 이유도 없이, 어떠한 행동도 취하지 않고 그냥 사라졌다는 것이다.

다른 두 사람은 멀뚱히 앉아 "어, 그 친구 없으면 안 되는데" "그 친구가 그걸 내게 넘겨줘야 하는데" 하는 말이나 하고 있더란다.

내일모레가 프레젠테이션인데 미치고 팔짝 뛰겠더라고 했다.

그런 일이 한두 번이 아니라는 것이다.

"그럼 그 친구들은 회사를 그만둔 건가요?"

"회사를 그만두긴요. 차라리 그러면 속이나 시원하지요. 직원을 새로 받으면 되니까요."

"그래놓고 어떻게 얼굴 들고 회사를 나올까요?"

"그러니까요. 한 놈은 아예 엄마를 대동해서 왔더라니까요. 참 나 원."

그날 기가 차서 모두 혀를 내둘렀다고 했다.
그도 그럴 것이 지금 그들 나이가 몇인가.
군대를 갔다 오고 대학을 졸업한 나이에도 자신의 문제를 스스로
해결 못 하고 엄마에게 의존한다는 것이 떠도는 말만은 아니었다.

"어이없었을 것 같아요. 저라도. 중간에서 참 힘들겠네요."
"그러니까요. 문제는 윗사람들은 이런 걸 모른다는 거예요. 위에서
는 젊은 직원들을 직접 부딪치는 게 아니잖아요. 모든 잘못이 나에게
돌아오는 거지요. 관리를 잘못한다고 말이죠. 제가 제일 열이 받는
건, 내 잘못으로 문제가 생겼다면 밤을 새워서라도 고치고 새로 만들
고 하겠는데, 나눠 준 일은 내가 한꺼번에 어떻게 할 수가 없어요. 보
고가 코앞에 있으니까 처음 몇 번은 '에라 내가 하고 말지' 하고는 혼
자 다 처리하기도 했어요. 그러면 미안해하거나 거기에서 무언가를
배울 거로 생각했는데 다음에도 마찬가지예요. 자기들이 못 하면 내
가 하겠거니 생각하는지, 그저 뒤통수나 몇 번 긁고 마는 식이에요.
이건 뭐 부모가 아이 숙제를 대신 해주는 것도 아니고 ……."

말하는 내내 남자는 땅이 꺼질 듯한 한숨을 수도 없이 쉬었다.

어른 남자가 그렇게 울분을 토하면서 격정적으로 말하는 것을 보는 것도 참 오랜만이었다.

그것은 분개였다.

단순히 부하 직원들이 한심하다거나 실망했다는 불만이 아니라 자기로서는 도무지 이해할 수 없는 행태에 대하여 마음으로 깊이 분개하고 있었다.

충분히 이해되었으나 내가 할 수 있는 것은 위로밖에 없었다. 문제가 그 사람에게 있는 게 아니었기 때문이다.

남자는 성격이 남다르게 급하다거나 화를 조절 못 한다거나 하는 편은 아니었다. 남들은 좀 속상하다가 마는 문제를 혼자 유난 떠는 게 아니었다.

여기에 다 옮기진 못했지만, 말을 들으며 나도 어처구니없을 정도였으니 남자의 심정이 충분히 이해되었다.

"선생님이 아니라 그분들을 만나야 할 것 같은데요. 혹 그분들을 저에게 데리고 올 수 있나요?"

"걔들이 여길 왜 오겠어요? 절대 안 올걸요. 여길 따라올 것 같았으면 이런 일도 없었을 거예요?"

"그럴 것 같네요."

팀원들은 나를 찾아오지 않을 것이다.

강제라면 몰라도 자발적으로 무엇인가 상담할 마음도 없을 것이다. 자신에게 큰 문제가 있다고 생각하지 않기 때문이다.

그러나 문제는 간단하지 않다.

그들이 문제라 생각하지 않는 그 문제가 당장 옆 사람을 분노하게 하고 그것의 여파가 그들 가정에까지 미치지 않던가.

단지 세대 간의 갈등 문제라면 내가 길게 할 말은 없다.

그런데 이런 건 젊은이들 자신이 자기 삶을 위해 스스로 자신의 심리를 돌아보아야 할 문제다.

심리학적으로 보면 이는 의존성 성격장애에 해당한다.

말 그대로 자기 일을 다른 이에게 의존하는 경향을 말한다. 자신이 어떤 사람이고 무엇을 원하고 있는지 자기 자신에 대한 정체성이 너무 빈약하여 다른 이에게 자기 삶을 의존하는 것이다.

사람은 누구나 자신을 의미 있는 존재로 느끼고 싶어 한다.

그래서 다른 사람의 인정과 공감, 존경 등의 자양분을 필요로 한다. 그런 면에서 사람은 누구나 어느 정도 다른 사람에 대해 의존적이다.

그런데 자기 생존에 필요한 것을 전적으로 타인에게 얻으려 하면 병적인 의존 상태에 빠지게 된다. 이것이 의존성 성격장애로서, 심리적으로 유아기를 벗어나지 못한 상태라 할 수 있다.

다음은 의존성 성격장애를 진단하는 DSM-5의 8가지 진단 항목이다.

이 중에 5가지 이상이면 의존성 성격장애이다.

1. 다른 사람으로부터 상담, 충고 또는 확신이 없이는 매일매일 결정 내리는 일을 하지 못한다.
2. 자기 인생의 매우 중요한 영역까지도 대신 책임져줄 수 있는 타인을 필요로 한다.
3. 지지와 칭찬을 상실할까 봐 두려워 타인의 의견에 반대하지 못한다. (단, 현실적인 보복은 포함되지 않는다)
4. 스스로 어떤 일을 시작하거나 수행하기가 어렵다. (동기나 활력이 부족해서가 아니라 판단과 능력에 자신이 없기 때문이다)
5. 타인의 보살핌과 지지를 얻기 위하여 불쾌한 일까지 자원해서 한다.

6. 스스로는 잘해나갈 수 없다는 과도한 공포로 인하여 혼자 있으면 불편하거나 무기력하게 느낀다.

7. 친밀한 사이가 끝나면 보살핌과 지지를 얻기 위하여 다른 관계를 애타게 찾는다.

8. 자기 스스로가 자신을 돌봐야 하는 상황에 남겨질 것이라는 두려움에 비현실적으로 집착한다.

"어때요. 그 친구들이 이 중에 몇 가지 항목에 드는 것 같나요?"

"와! 이런 게 있었군요. 맞아요. 그 친구들은 스스로 하는 것을 무척 두려워하더라고요. 그래놓고는 결과에 책임도 지지 않는 거예요. 와! 신기하네."

"뭐가 그렇게 신기해요?"

"이 중 모르긴 몰라도 5가지는 해당되는 것 같아요. 왜 쟤들은 저럴까 이해를 못 했는데 제 의문에 답을 주었잖아요. 그러니까 신기하죠. 근데 쟤들은 왜 이러한 문제를 안게 된 것일까요?"

자신의 분개한 마음이 위로도 받고 나아가 그들이 왜 그럴 수밖에 없는지 이해가 되는 시점에 이르자, 그는 그들의 아픔을 연민하게 된 것이다.

요즘 상당히 많은 젊은 세대가 이러한 의존성 성격장애를 보이고 있다. 그들은 직장에서도, 또 가정을 이루었어도, 그리고 한 아이의 엄마와 아빠가 되었어도 마찬가지다.

왜 그럴까?

이들은 다른 사람들이 지도하고 감독해주지 않으면 일상적인 일조차 할 수 없다고 생각하고, 자기는 그런 일을 감당할 만한 능력이 없다고 여긴다.

이들은 자신들이 책임지는 자리와는 어울리지 않으며, 보호와 지지가 필요한 사람이라고 스스로를 바라본다.

그 밖에도 많은 이유가 있을 것이다.

그중에는 자발적인 도전 경험이 적거나 아예 없다는 점을 들 수 있다. 스스로 어떤 목표를 세우고 의지를 키워가며 삶을 개척하는 데에 서툴다.

어릴 때부터 스스로 선택하지 않고 누군가에 의해 주도되는 길을 따라온 사람일수록 더욱더 그렇다. 물론 그 누군가는 대부분 엄마일 가능성이 크다.

처음에는 귀찮고 화가 나긴 하겠지만 조금 지나 익숙해지는 것이다. 내 삶이 내 삶이 아니라 누군가가 세워놓고 닦아놓은 목표를 따라 길을 내놓은 데로 가기만 하면 되니 일정 정도 편해서 타협해버린 것이다.

사실 이렇게 자라온 세대들이 지금 곳곳에서 주체가 되어 생활하고 있다. 그러다 보니 여기저기에서 진정한 주체로서 서지 못하고 자기 표상과 대상 표상이 일그러진 채 심각한 징후들을 보여주고 있다.

그들은 문제 상황이 오면 바로 좌절을 하고, 더 나아가 포기를 쉽게 한다. 이는 관계 맺음에도 영향을 준다. 결국 사람들과 적극적인 관계를 맺지 못하고 누군가 다가와 먼저 손 내밀어 주기만 바라는 수동적인 성격으로 굳어지게 되는 것이다.

그들에게 불가리아의 그림작가 마리아 굴레메토바가 쓴 《울타리 너머》 그림책을 읽으라고 권하고 싶다.

안다와 소소는 함께 한 공간에서 생활한다.

돼지 소소는 자신의 본성을 알지 못한 채 안다와 같이 사람처럼 걷고 말하고 놀고 지낸다. 둘 사이에는 전혀 교감되지 않는 정서가 있었고 마음을 나누는 친구라고 하기에는 정반대의 그림이 은유하는 단절의 상태가 보인다.

'돼지 소소를 안다'라고 말하는 안다는 소소의 모든 것을 좌지우지하고 싶어 한다. 입는 옷도 갖고 노는 장난감도, 어쩌면 그림책에 나와 있지 않은 소소의 욕망조차도 그렇게 다루어 왔는지도 모르겠다.

《울타리 너머》의 간결한 서사는 그림과 대비되는 반어법으로 소소의 슬픔을 절절하게 전하고 있다.

내가 그림책의 진정한 묘미를 발견한 대목 중의 하나가 바로 이 부분이었다.

정말 자신을 송두리째 잃어버린 자, 아니 어쩌면 '함께'를 선택했기에 감수하며 잃어버리기로 한 자가 느끼는 철저한 고독을 어찌 이렇게 섬세하게 그려냈을까 싶었다.

안다의 사촌이 찾아와, 혼자 남은 돼지 소소가 소외감을 느끼고 밖으로 나가 야생 멧돼지 산들이를 만나는 장면은 정말 압권이다.

뭔가 소외되고 함부로 다뤄진다는 마음의 상처로 쓸쓸한 감정을 가졌던 소소는 자신을 소중하게 대해주는 산들이로 인해 충만하고 흡족한 감정을 처음으로 느끼게 된다.

산들이와 있을 때 본능을 찾은 돼지 소소는 네발로 움직이며 비로소 융이 얘기하는 '참 자기'로 돌아오게 된다.

그렇게 참 자기를 찾은 돼지 소소는 내면에 있는 자신의 마음, 생각, 욕구 등을 페르소나를 쓰지 않고 있는 그대로 발하는 성장의 지점에 이른다.

게다가 한 번도 달려본 적이 없었던 소소가 울타리 너머 더 큰 세계를 향해 달려가는 장면에서는 정말 가슴이 벅차오는 기쁨과 감동을 만나게 된다.

도전이라는 게 얼마나 매력적인 일인지 새삼 말할 필요가 있을까.

어느 자리에서나 습관처럼 하이파이브를 좋아하는 요즘 젊은이들은 도전이 얼마나 상큼한 일인지, 얼마나 씩씩하고 즐거운 일인지 잘 알고 있다.

그런데도 막상 진정한 도전은 잘 하지 못한다.

실패의 경험을 두려워하고, 외부의 질책을 지레 피하려 하기 때문이다.

이 말을 꼭 하고 싶다.

실패의 경험이 사람을 좌절시키는 게 아니다.

자발적인 의지로 신나게 도전한 일은 결과가 좋지 않더라도 가슴에 의미 있는 무엇인가를 남긴다. 스스로 도전한 일이기에 일에 매달리는 매 순간 소소한 성취감이나마 경험할 것이고, 자기만의 장점을 새롭게 발견할 수도 있고, 자신이 진정으로 하고 싶은 일이 어떤 것인가를 깨달을 수 있다.

마음을 바쳐 집중하는 일은 이처럼 성공 실패와 상관없이 그 자체로 인생에 소중한 경험을 선물한다.

살아가면서 가장 중요한 일은 나 자신을 믿는 일이다.

도전하지 않는다는 건 나 자신에게 믿을 기회를 주지 않는 것이다.

따라서 우리가 정말 두려워해야 할 것은 실패가 아니라 포기다.

자발적인 나의 의지로 도전하게 되면 결과가 어떻든 '나는 나를 믿었다'라는 황금 같은 경험이 남는다.

최선을 다했다는 경험 하나가 백 개의 실패 경험을 백지화시킨다. ◂◂

여섯

그래야 한다고
누가
그랬는데

—   언제부터 스펙이라는 단어가 자주
눈에 띄고 귀에 들리고 있다. 스펙은 'specification'의 약자로 원래의
뜻은 어떤 제품의 사양이나 기능에 대한 설명을 말한다.

현시대에서는 학력, 자격증, 토익점수 등 취업준비생이 이력서에 기
재하게 될 본인의 능력(경력)이라는 뜻으로 사용되고 있다.

'스펙을 쌓는다'라는 말은 좋은 직장에 들어가기 위하여 자신의 가
치를 높일 수 있는 각종 점수나 경력을 만들어간다는 말이다. 또한,
대학 졸업과 동시에 실업자가 되고 마는 요즘의 피 말리는 구직난을
상징하는 단어이기도 하다.

요즘 젊은이들은 본격적으로 사회생활에 뛰어들기도 전에 스펙 쌓
기 경쟁부터 시작한다. 그러니 대학 생활의 여유도 낭만도 그들에겐
없는 것이 당연하다. 그만큼 물리적 시간이 없다.

그들은 기업의 눈에 들기 위하여 자신의 상품 가치를 최대한 높이
려 분투하는 것이다.

언제부턴가 스펙이 빵빵하면 자신감이 넘치고 스펙이 빈약하면 초
조해한다.

이 사회에서 스펙은 한 사람의 품질보증서이며 사용설명서이다.

나아가 사회가 점수 매기는 한 사람의 상품 가치가 되었다.

스펙이 대단한 직장인이 있다.

그는 대학에 다닐 때부터 스펙 쌓기에 누구보다 열성을 바쳤다. 보통의 대학생들이 즐기는 축제나 엠티에도 별로 참여하지 않았고 새벽부터 학원에 나가 자기계발에 힘썼다.

덕분에 학점이나 토익점수는 상위권이고 영어, 중국어, 프랑스어까지 3개 국어를 유창하게 한다.

아직까지 연애를 한 번도 해본 적이 없어서 서른여덟 살인데도 아직 미혼이고, 현재 직장은 누구나 알 만한 대기업에 다닌다. 다만 공부하는 과정에서 지나치게 스트레스를 받아 그런지 마흔도 안 돼서 벌써 머리가 약간 벗겨진 것이 흠이라면 흠이다.

이 정도면 연애는 아니어도 소개팅이나 하다못해 중매를 통해 소개를 받았음직 한데 그는 스스로 이를 거부했다고 한다. 이유는 아직 갈 길이 멀다는 거였다.

그렇게 자신의 삶을 송두리째 쏟아부은 직장에서 인정받아 잘 나가던 그가 마음에 큰 상처를 받고 나를 찾아왔다.

좌절하여 인생의 이정표를 잃어버린 무기력한 모습이었다.

그런데 그 이유가 남의 눈으로 보면 참 사소한 일이었다.

회사에서 기대했던 승진에 탈락했다는 것이다.

동기들보다 스펙이 화려하고 고가 점수도 높아 승승장구하던 그였기에 이번 승진에서도 당연히 되리라 생각했다.

그런데 밀려난 것이다.

"목숨을 바쳤다면 과장이겠지만, 정말 열심히 일했어요. 업무능력에서도 남에게 뒤질 게 없었어요. 근데 크게 한 방 먹었어요. 나한테 그러면 안 되는데, 정말 안 되는 거예요. 충격은 둘째 치고 너무 당황스러웠지요. 어떻게 생각하실지 몰라도 저로서는 삶 전체가 무너지는 것 같은 기분이에요."

실망스럽기야 하겠지만 그 정도의 일로 심리치료를 받아야 할 만큼 힘들어한다는 것은 이해하기 어려울 것이다.

그는 유난히 소심한 사람인 걸까?

그렇진 않다.

그는 남들이 부러워할 정도의 스펙을 쌓을 정도로 의지가 강하고 사회생활의 적응력도 뛰어난 사람이다.

승진에 탈락하기 전까지는 회사에서도 인정받는 사람이었다.

그랬던 그가 고작 승진에 한 번 탈락한 일로 깊은 좌절감과 우울에 빠져 버렸다.

그도 처음부터 그랬던 것은 아니라고 한다.

대학 다닐 때 존경했던 선배를 멘토처럼 따랐다고 한다.

운동도 잘해서 과 대항 축구나 농구대회에 빠진 적 없고 결과는
늘 우승이었다. 학점도 좋았고 교수들에게 신망도 두터워 장학금도
받고 있었다. 놀 때는 어떤가. 노래도 잘하고 술도 잘해 과에서 그 선
배는 인기가 높았다.

그는 선배가 당연히 좋은 직장을 구할 줄 알았다.

그런데 선배는 열 군데 이력서를 넣어도 취직이 되지 않자 초조해
하더니 어느 순간부터 연락을 끊더라고 했다.

그 이후로 들려오는 소문에 의하면 아직 직장을 잡지 못했다는 것
이다.

그는 충격을 받았다고 한다.

자기가 아는 한 그 선배는 너무나 멋있고 인간적이며 그만하면 꽤
학점도 좋았던 우수 학생이었다.

그러나 사회는 그만하면 괜찮은 그 선배를 받아주지 않았다.

그 선배가 사회에 나가 무너지는 것을 보면서 두려웠다고 한다.

사회가 무섭고 냉혹한 곳이라는 것을 선배의 사례를 통해 일찌감

치 깨달은 것이다.

그때부터 철저하게 자기 생활을 관리했다고 한다.

자신에게 한 치의 게으름도 허용하지 않았고, 남의 실수는 이해해도 자신의 실수는 용납하지 않았다. 살아오면서 늘 계획한 대로 이루어왔기에 자신에 대한 자부심도 대단했다.

그러다가 승진 탈락이라는 첫 실패를 경험하게 된 것이다.

누구나 성공을 꿈꾸지만, 그에게 성공의 개념은 조금 달랐다.

행복하기 위하여 성공을 바라는 게 아니라 살아남기 위하여 성공해야 했다.

그가 승진에 탈락한 정도의 일로 그토록 낙담한 것은 '나는 반드시 ~ 해야 한다'라는 강박적 사고와 이 나이에는 '반드시 ~을 해내야 한다'라고 하는 강박적 목표를 설정하고 인생을 줄곧 한 길로만 달려왔기 때문이다.

그에게는 전진과 승리만이 인생의 유일한 길이었다.

남보다 앞서 나가는 것 말고 그에게 다른 가치는 없었다.

대학생 때부터 팽팽히 당겨져 있던 그런 긴장감이 승진 탈락이라는 첫 패배에 갑자기 흐트러졌고, 인생을 어떻게 살아야 할지 모를 정도로 극심한 무기력에 사로잡힌 것이다.

과거를 파고 들어가서야 만나게 되는 다른 분들의 상처와 달리 그의 상처 부위는 눈에 훤히 보였다.

그에게 스펙이란 갑옷과 같았다.

사회로부터 상처받지 않으려고 일찍부터 온몸에 든든한 갑옷을 맞춰 입었다. 갑옷을 지키느라 사람들과 어울려 놀지도 못했고 일상의 소소한 즐거움도 맛보지 못했다.

그러니 방황이나 실패의 경험도 겪지 못했다.

갑옷으로 무장한 그에게 가장 큰 결점이라면 바로 실패의 쓴맛을 보지 못했다는 점이다. 어떻게 보면 부정적인 경험 말이다.

부정적이라 했지만 사실 그런 경험이야말로 인생에서는 자양분으로 작용하는 긍정적인 경험이다.

한 번도 아파보지 않은 사람은 병원에 입원하면 육체의 고통보다 먼저 심리적으로 당황한다.

작은 병에도 마음이 먼저 크게 놀란다.

게다가 이런 사람들은 자기가 아파본 적이 없어 타인의 아픔도 잘 이해하지 못한다.

다른 말로 하면 타인의 아픔에 공감하는 능력이 떨어지고, 타인이 추구하는 가치나 생활방식에도 쉽게 공감하지 못한다. 자신이 설계해 놓은 인생에만 관심이 집중돼 있어 다른 방식의 다른 인생에는 적응력이 떨어진다.

게다가 타인의 삶을 볼 때도 자신의 잣대를 들이대는 일을 서슴지 않게 된다.

나아가 ' ~해야만 한다'라는 말로 당위의 횡포를 부리고 그렇게 하는 자신이 정당하며 마땅히 하지 않는 타인은 문제가 많은 것이 된다.

이 논리로 보면 학생은 이래야 하고 선생은 이래야 하고 종교 지도자는 이래야 하고 또 이런 직업군은 이래야만 하는 것이다.

이는 세상의 중심이 자기라는 사실을 전제한 사고의 오류다.

그러니 작은 실패 하나로 삶이 여지없이 흔들릴 수 있는 문제점을 애초부터 갖고 있었다고 할 수 있다.

그에게 필요한 건 딱 하나다.

승진은 꼭 해야만 하는 것이고 자신에게 실패는 있을 수 없다는 생각을 재수정하는 것이다. 물론, 더 나아가 승진에서 탈락한 그것이 자신의 인생을 망쳤다고 확대해석할 만큼 그리 중요한 일이 아니라는 것도 깨달아야 한다.

그것은 구태의연한 충고로 될 일이 아니다.

"재수생이 대입에 실패했을 때 느꼈을 좌절감이나 열심히 했는데도 성적이 오르지 않아 앓았던 무기력감, 시간은 다가오는데 준비가 미비하다고 느껴서 오는 초조함은 잘 모르겠네요?"

"솔직히 잘 모릅니다."

"주변에 아마 아직도 실업자로 있거나 자신과 비교해 별 볼 일 없다고 생각하는 회사에 근무하고 있는 친구들도 있겠지요? 그런 사람들은 어떤 생각으로 살아가는지 생각해 본 적 있어요?"

"깊게 생각해 본 적 없어요. 그들을 무시하는 건 아니고 그냥 나하곤 어차피 다른 길을 가는 인생이니까 ……."

"나하고 다른 그네들 인생까지 생각할 겨를이 없다는 건가요?"

"네, 뭐 …… 전 제 갈 길이 바쁘니까요."

그는 인생 초반부터 실패하지 않겠다는 강박관념에 너무 사로잡혀 다른 빛깔의 삶은 아예 돌아보지도 않았다.

그로 인해 세상살이에 대해 매우 단순하고 경직된 시선을 갖고 있었다.

그와는 주로 개인적인 이야기를 많이 나누었다.

나의 과거 경험과 딸, 아들과 복작대며 지낸 소소한 일상, 그리고 애들 아빠와의 갈등을 이야기했고 제자를 키우면서 느꼈던 그들의 성장과 아픔, 아픔을 딛고 일어서는 놀라운 인생 반전 같은 이야기들을 들려주었다.

그에게서는 직장생활 이외의 일상사에 대하여 들었다.

세상에는 그와 다른 방식으로 살아가는 사람도 얼마든지 많다는 것을 그는 알아야 했다.

성공의 기준도 사람마다 다르고 행복해지는 방법도 아주 다양하다는 것을 느끼는 것이 그에게는 필요해 보였다.

무슨 충고를 하기 위해서가 아니라, 그가 한 번도 생각해 보지 않은 다른 빛깔의 인생, 다른 빛깔의 아픔과 행복을 느끼게 하고 싶어서였다.

그는 대부분의 사람이 당연히 느낄 만한 일에 대해서 쉽게 공감하지 못했다.

자기가 보는 쪽으로만 시선이 고정돼 있기 때문이었다.

그래서 처음에는 말투도 아주 시니컬했다.

그런 게 내 인생과 무슨 상관이 있느냐는 식이었다.

나와의 대화에서도 그는 무엇을 배워가야 한다는 강박을 가지고 있는 듯했다.

그의 생각을 읽었지만 난 따라가 주지 않았다.

나는 그냥 시시콜콜한 내 이야기를 계속해주었다.

상담자는 그가 원하는 이야기, 듣고 싶은 이야기를 해주는 게 아니기 때문이다. 다만 이 회기를 이어가야 했으므로 그에게 나를 믿고 따라오라는 강한 의사만 전달했을 뿐이다.

인지 방식의 오류로 왜곡되었던 것들이 대화가 길어질수록 차츰 변화를 보이고 있었다.

내 딸의 실패담을 듣고 유난히 맘에 두었던 그가 내게 이렇게 물었다.

"그래서요, 재수를 결정하면서 따님은 어떻게 되었는데요?"

"어떻게 되긴 뭘 어떻게 돼요. 나하고 잠깐 울고불고하고 나서는 둘이서 모처럼 맛있는 거 사 먹고, 우리 한번 다시 해보자 하고 서로 격려했지요. 뭐 그러면서 고비 고비를 넘어가는 거잖아요."

"그럼 재수 생활도 훌륭히 잘 해냈겠네요?"

"하하, 재수 생활에 뭔 훌륭히 까지야. 훌륭해 봐야 재수 생활이지요. 다만 가끔 그 애의 말을 들으며 큰 믿음이 생길 때가 있어요. 지난 시간을 돌아보며 아파한 만큼 성숙해지는지 고등학교 때의 자신이 철없음을 말하더라고요. 그때 좀 더 성숙했더라면 부모님 힘들게 안 했을 거고 일 년의 시간도 벌었을 텐데 …… 라고요. 그럴 때 나는 말없이 그냥 듣기만 하지만, 속에서는 아, 이 아이가 이만큼 성장했구나, 대견하고 고마웠지요."

"따님이 제일 힘들어할 때가 언제였는데요?"

"힘들어할 때요? 너무 많았지요. 맘이 건강하지 못한 엄마 때문에 맘고생도 많았고 고등학교 입시도 실패했었고 고등학교 다닐 때도 힘들었고요. 대입에 실패할 때도 힘들었을 거고요. 대학 생활은 또 안 힘들었을까요?"

"그때 따님은 어떻게 그걸 다 이겨냈대요? 전 생각만 해도 끔찍한데 ……."

"이겨냈다? 이겨낸 것도 있고 아직 진행 중인 것도 있고 …… 또 여전히 아픈 것도 있고 뭐 그렇죠. 그러나 분명한 건 지켜보는 우리보다 그 애가 제일 아팠겠지요? 전 그냥 편지나 장문의 문자로 위로해 주는 게 고작이에요. 근데 그게 이겨낼 힘을 줬나 봐요. 어느 날 '엄마가 보낸 문자 중에 이게 제일 좋았어요'라며 보여주더라고요."

내 휴대전화 화면에 저장된 문자를 그에게 보여줬다.

사랑하는 내 딸!

결과를 얻기 위해 대가를 지급해야 한다는 사실을 아는지
…….

몇 날의 까만 밤을 지새우는 대가도 지급해야 하고, 모두 잠든
편안한 시간에 혼자 깨어 느끼는 외로움도 지불해야 하고, 청
춘의 찬란함을 잠시 내려놓아야 하는 억울함도 지급해야 한다.

그렇게 시간이 가야 네 앞에 부끄럽지 않은 꿀맛보다 단 미래
가 있다. 그 깊이를 알고 이겨내는 성숙한 과정에 있는 널 사랑
하고 믿는다.

그리고 네가 어떤 모습이어도 엄만 널 사랑한다.

넌 내 소중한 딸이니깐 …….

딸아이가 이 글을 저장해놓고 몇 번을 되짚어 읽었을 생각을 하면
지금도 맘이 아프다.

그것은 그만큼 아픈 횟수였을 것이기에.

그러나 난 아파하지만은 않는다.

딸아이의 삶에 이는 분명 부정적 경험이었겠으나 딸아이는 긍정적인 해석으로 이를 잘 처리하고 나아갈 거란 믿음이 있기 때문이다.

수많은 경이로움과 아름다움으로 가득 찬 것이 인생이다.

그런 경이와 아름다움은 출세라는 한 가지 이정표만 바라보고 가는 사람은 결코 맛보지 못한다.

실패의 경험이 전혀 없는 사람도 만날 수 없다.

좌절과 억울함과 참을 수 없는 노여움 같은 고통을 겪은 이후에야 그 너머에 있는 진짜 인생의 아름다운 것들을 만날 수 있다.

시인 류시화가 세계의 명상적 시편들을 모아 펴낸 《사랑하라, 한 번도 상처받지 않은 것처럼》 시집에 제목으로 쓰인 시가 있다.

춤추라, 아무도 바라보고 있지 않은 것처럼.

사랑하라, 한 번도 상처받지 않은 것처럼.

노래하라, 아무도 듣고 있지 않은 것처럼.

일하라, 돈이 필요하지 않은 것처럼.

살라, 오늘이 마지막 날인 것처럼.

– 알프레드 디 수자

나를 찾아왔던 그의 삶과 위의 시를 굳이 비교해보자면, 그는 열심히 일했으나 '돈이 필요하지 않은 것처럼' 일해 본 적은 없다.

스스로 좋아서, 그 일에 가치가 있다고 여겨서, 그 일을 통해 삶의 충만함을 느끼면서 일하지 않았다.

아무도 듣고 있지 않지만 스스로 노래하고 싶어 노래한 적도 없다.

그저 들어주고 보아주는 이, 그 일에 점수를 매기고 잘했다 칭찬해주는 이들을 위해 일했을 뿐이다.

그렇게 자기 삶의 가치를 세상의 시선에 의존하여 평가받게 내버려두게 되면 단 한 번의 '불인정'에도 여지없이 절망하고 만다.

그에게 유설화 작가의 《슈퍼거북》 그림책을 읽어 보길 권했다.

토끼가 잠든 이후에도 포기하지 않고 열심히 기어서 골인 지점에 도달한 거북이 꼬물이는 토끼를 이긴 그 자체로 즐거웠으면 된다. '아! 포기하지 않고 꾸준히 가면 이렇게 승리할 수 있구나'를 알았으면 된다.

그렇지만 꼬물이는 그것을 만끽하지 못했다.

토끼를 이긴 거북이는 이래야만 한다는 사람들의 평가와 시선에서 자유롭지 못했고 본인이 그 당위의 횡포에 갇혀 버렸다.

빨라야만 한다는 강박감이 자신을 몰아치고 채찍질하며 누구보다 빨라야 하는 방법을 습득하기에 이르렀다.

그런데 어쩌랴.

기차보다 비행기보다 빨라졌고 어느 누구와 경주를 해도 이길 만큼의 실력을 갖추었음에도 온몸과 마음은 지쳐서 행복하지 않은 것을.

결국, 꼬물이는 자신에게 둘러쳐진 ~ 해야만 한다는 쇠사슬을 걷어내기를 선택한다.

책의 마지막에 진심으로 행복한 꼬물이의 모습을 보면 마치 내게 덧입혀있던 꽉 조이는 무쇠 갑옷이 벗겨져 나가는 해방감을 느끼게 될 것이다.

미국의 그림작가 코리나 루이켄이 쓴 《아름다운 실수》 그림책도 같이 보면서 당장 벌어진 일들에서 조금씩 조금씩 시선을 뒤로 가져가 카메라가 줌을 확장해 가듯이 바라보라고 했다.

처음엔 실수라고 낙인찍고 바라봤던 '점'!

그것이 나중에는 어떠한 모습으로 전환되는지, 큰 그림으로 확대된 그곳에서 내가 무턱대고 '실수'라고 치부했던 점이 얼마나 아름다운 자기 역할을 하고 있는지 보라고 했다.

예의 성실한 그답게 그는 꼼꼼하게 책을 읽어 나갔고 한 장 한 장 넘길 때마다 '와우' 하면서 내가 느낀 그 감흥을 따라가는 듯했다.

자기 감각을 잃었었고 공감 능력이 결여되었던 그가 누구나 느끼는 대목 대목마다 탄성을 지를 수 있다는 것만으로도 그는 많은 부분을 회복하고 있었다.

다행이다.

혹여 처음 시작을 잘못이라고 단정 지어 포기하고는 도화지를 구겨서 버리는 일이 종국에는 이 아름다운 그림을 마주할 기회조차 빼앗는 것임을 그는 알았을 것이다.

실수나 좌절을 경험하고 나아가 실패라는 결과를 얻게 되었을 때 아파해도 된다.

좀 비참해도 되고 억울하다고 울어도 된다.

그런데 남들이 볼까 봐, 남들의 기준에 어긋날까 봐 그 상황에서조차 아닌 척, 괜찮은 척하지 말아야 한다.

우리는 자기 인생을 추구한다고 하면서도 막상 걸어가는 길은 세상의 시선과 평가를 의식하고 그들이 멋대로 심어 놓은 이정표를 따른다.

그러다가 어느 심술쟁이가 이정표를 뽑아간 곳에 이르게 되면 어디로 가야 할지 몰라 허둥거린다.

항변해도 소용없다.

심술쟁이는 이정표의 주인이 자기였다며 항변하는 나에게 오히려 수치심을 안겨준다.

그렇다면 나를 허둥거리게 만들 수 있는 세상에 나의 인생을 좌지우지할 자격을 주지 말자.

나의 인생에 점수를 매길 수 있는 사람은 오직 나 자신뿐이다.

왜냐하면, 나의 인생은 누구의 것도 아닌 나의 것이기 때문이다. ➠

일곱

가끔씩
올라오는
또 다른 나

— 심리학적 용어로 '직면해야 하는, 그러나 직면하고 싶지 않은'이라는 표현이 있다. 무의식적으로 외면하고 회피하는 것들을 말한다.

어떤 이야기가 화제에 올랐을 때 그 이야기를 피하고 싶어 다른 화제로 바꾸려고 애를 쓰거나 일부러 익살을 떨거나 정 아니다 싶으면 자리를 피해 화장실로 가거나 하려 한다면 그 사람은 직면하고 싶지 않은 문제를 만난 것이다.

남의 어떤 의견에 '쟤 왜 그러지?' 하고 남들이 의아하게 볼 정도로 격렬하게 반발하는 것 역시 직면하고 싶지 않은 무언가를 밀어내는 본능적 저항이다.

아무 일도 없는데 혼자 공연히 불안감에 휩싸이거나 분노의 감정이 올라오기도 한다.

이 경우도 물론 '공연히'는 아니다.

주변 상황이나 분위기의 어떤 점이 자신의 옛 상처와 닿아 있기 때문이다.

자랄 때 지속해서 심한 꾸지람을 받았다거나 '너는 싹수가 노래' 같은 부정적 말을 자주 들은 사람은 나중에 회피성 성격장애를 보이기도 한다.

이런 사람은 비판이나 거절에 대한 두려움이 무의식에 뿌리박혀 있어 누가 자기를 좋아한다는 확신이 없는 한 관계 형성을 하지 않으려 한다.

사회생활에 필요한 일반적인 대인관계도 잘 하지 않고, 직업을 구할 때조차 될 수 있으면 사람을 만나지 않는 직업만 구하려고 한다.

스스로 사회 부적응자라 생각하며, 혹시나 조롱받는 일이 생길까 두려워 친밀해질 수 있는 관계를 미리 차단한다.

만약에 자기 자식이 이러고 있으면 부모 마음이 어떨까?

또 자기 어머니나 아버지가 평생 이러고 있으면 그것을 보는 자식의 마음은 어떨까? …….

정도 차이가 있을 뿐 사람은 누구나 이런 부류의 슬픈 상처를 다양하게 지니고 산다.

그게 인생이고 세상사다.

그렇다면 이런 무의식의 상처를 어찌할 것인가.

느닷없이 등장해 우리 정신을 어지럽히고, 심하면 당장 중요한 일을 망칠 정도로 감정 상태를 엉망으로 만들어 버리는 이런 상처를 어찌하면 좋을까.

나 자신이 초라하고 보잘것없고 무가치한 존재라는 느낌.

이 세상에 적합하지 않은 사람인 듯한 느낌.

춥고 어두운 골목에서 불 켜진 이웃의 창을

바라보고 있는 듯한 느낌이 모두 유년에 만들어졌다.

이 말을 한 김형경 작가는 심리에세이 《사람풍경》 서문에서 자기
인생에서 가장 잘한 일 세 가지를 말하고 있다.

하나는 소설가가 된 것, 하나는 혼자 유럽 여행을 간 것, 그리고 나
머지 하나가 심리치료를 받아본 것이라 했다.

정신분석을 받을 때 꾸었던 꿈 중에 아기에게 양말을 신겨주
는 꿈이 있었다.

한 가족이 어수선한 분위기에서 외출 준비를 하는 가운데 한
아기가 가족들과 등을 돌린 채 혼자 양말을 신으려 애쓰고 있
고, 내가 그 아기에게 다가가 양말을 신겨주었다.

아기는 두 살이나 두 살 반쯤으로 보였고, 양말이 신어지지 않
아 막 짜증이 날 참이었다. 하지만 어떻게든 그것을 신어야 한

다는 당위에 눌려 짜증도 내지 못한 채 쓸쓸하고 버겁고 절망
적인 심정에 처해 있는 것 같았다. (……)
그 아기가 바로 지금의 내 모습이었다.
혼자 양말을 신으려고 끙끙대는 아기는 커다란 공구함을 준비
해놓고 혼자 못을 박거나 전선을 배선하기 위해 애쓰는 지금의
내 모습과 정확히 일치했다. 삶의 중요한 문제를 혼자 판단하고
결정할 때 가슴 가득 안고 하는 쓸쓸하면서도 버거운 느낌도
그 아기의 것과 똑같았다. 지금의 내 삶의 방식조차 두세 살 무
렵의 트라우마이며 그 시기에 형성된 그대로라는 사실이 도무
지 믿기지 않았다.

김형경 작가는 이 책에서 심리치료를 통해 알게 된 내면의 무의식
들을 들려준다.
왜 아버지하고의 관계가 껄끄러웠는지, 왜 자기가 특정 문제에 유
난히 화를 내는지 등등의 이야기다.
이처럼 트라우마로 얽혀있던 그 시절의 '나'가 내 안에 자리하면서
물리적으로 성장한 지금의 '나'를 당황하게도 하고 속상하게도 한다.

"아이를 낳지 않으려고요."

"아니 이렇게 멋지고 건강한 분이 아이를 낳지 않는다면 이건 국가적으로 엄청난 손해인데요."

"자신이 없어요. 제가 어떤 아버지가 될지 ……."

"아내와 상의는 했어요?"

"아니요. 저 혼자 결정한 거예요."

아버지에게 폭력을 당해 힘겨운 유년기를 보낸 나머지 사회적 관계가 힘들었던 30대 후반의 건강한 내담자!

다행히 오랜 기간 함께 직장생활을 하던 여성분의 따뜻한 이해와 공감에 힘을 얻어 조금씩 마음을 열고 사귀다 결혼을 했지만, 아이를 낳을 자신만은 없었다고 한다.

마음속으로 결정하고 자신의 소신대로 살았으면 되었을 삶. 그런데 그는 어떤 심적 저항을 느꼈기에 나를 찾아왔을까?

"아내가 너무나 아이를 원해요. 나를 닮은 아이를 너무 낳고 싶어해요. 그 간절한 눈빛을 외면할 수가 없어요."

그의 눈에는 두려운 마음과, 그럼에도 아내에 대한 사랑으로 자신이 어떻게 하면 그것들을 채워 줄 수 있을지에 대한 답을 찾고자 하는 열망이 한가득 담겨 있었다.

그에게 건넨 책은 《앵그리 맨》이었다.
노르웨이의 그림작가 그로 달레가 쓴 《앵그리 맨》 그림책은 읽기가 사실 만만치 않다.
출판사 역주를 읽어 보면 더하다.

보이의 집에는 아무도 모르는 비밀이 하나 있습니다.
집에 앵그리 맨이 살고 있다는 것이죠.
앵그리 맨은 평소에는 조용히 숨어 있다가 아빠가 기분이
좋지 않을 때면 아빠의 몸을 비집고 튀어나옵니다.
앵그리 맨은 상을 뒤엎고, 엄마를 밀치고, 집을 부숩니다. 그리고 보이가 숨어 있는 방으로도 성큼성큼 들어옵니다. 보이와 엄마를 지켜 줄 사람은 여기 없습니다. 보이는 구석에서 귀를 막은 채, 앵그리 맨이 어서 지나가기를 기다립니다.
앵그리 맨이 떠나고 집이 다시 조용해져도 보이는 안심할 수

감정 상태를 엉망으로 만들어 버리는 상처!

그 앞에서 도망쳐 버린다면

우리는 더 이상 나아갈 수가 없다

없습니다. 앵그리 맨이 언제 다시 찾아올지 모르니까요.

앵그리 맨을 물리치기에 보이는 너무 작습니다. 엄마는 너무 약하고요.

주인공 보이가 처한 환경에서 어린 시절을 보낸 지금의 수많은 어른이 읽기에는 저항감을 이기기가 쉽지 않을 것이다.

이러한 심리적 저항을 염두에 두고 작가는 작심하고 '닫힌 집안에서 벌어지는 일을 바깥세상에 말하고 도움을 청하라'고 말한다.

그래야 폭력을 당하는 피해자도 폭력을 가하는 가해자도 악순환으로부터 해방되어, 건강한 가정을 되찾을 수 있다고.

책의 주인공 보이 아버지도 심술궂고 절름발이 노인과도 화해해야 한다고 표현한 대목에서 알 수 있듯 가정환경과 양육 배경의 굴레를 벗어나지 못했고, 김형경 작가가 고백했던 것처럼 어린 시절의 트라우마를 안고 자라왔다.

그러나 내면에 존재하는 '자라지 못한 나'를 돌보지 못한 결과, 자신처럼 자신도 모르는 무의식의 횡포를 사랑하는 자식에게 전수하고 마는 어처구니없는 죄를 짓게 되는 것이다.

처음에는 《앵그리 맨》을 읽을 수 없다며 외면했던 내담자는 결국 그림이 많은 그림책을 한 장 한 장 넘기며 그 안에서 할아버지를 만나고 아버지를 만났다. 나아가 현실의 아버지와 그동안 하지 못했던 진정한 화해를 하고자 용기를 냈다.

쉽지 않은 상담의 여정이었다.

용기 내고 다시 좌절하고, 또 용기 내고 또 좌절하기를 반복하는 무수한 시간 속에서 나 역시 보는 내내 정말 가슴 아프고 또 뜨거운 시간들이었다.

그러나 마침내 내담자의 성장하고픈 강한 열망, 자신을 믿어주고 따듯하게 안아준 아내에 대한 사랑이 결국 한 송이 꽃을 피워내는 황홀한 광경을 볼 수 있었다.

내담자처럼 진정한 '나'를 찾는 초기에는 누구나 자신의 내면을 보고 싶어 하지 않는다. 하지만 두렵더라도 마주하고 탐색해 들어가야 이 여행이 의미 있게 끝날 수 있다.

그러니 용기를 내어보자.

내면에서 올라오는 저항감과 두려움에 맞서서 조금씩 한 발 한 발 내딛다 보면 어느새 두려움 너머 '참 자아'를 찾고 있을 것이다.

초라하고 형편없다고
나에게
말한다면 ……

— 　　　　　　　십여 년 전에 엽기적인 존속살해
사건이 있었다. 신문에도 크게 보도되었으니 기억하는 사람도 있을
것이다.

명문대에 다니는 학생이 어느 날 자기 부모를 망치로 살해하고는
그 시신을 토막 내어 지하철을 타고 다니며 군데군데에 버렸다.

말로 들려주는 것만도 12금 판정을 내려야 할 만한 섬뜩한 이야
기다.

더 충격적인 건 무언지 모를 공허감과 망연자실에 빠진 동생을 대
신하여 기자들이 던진 질문에 대답했던 형의 한 마디였다.

"나는 동생을 이해한다."

형은 이 한 마디와 더불어 안타까운 눈으로 동생을 지켜보았다.
이 가정에 도대체 어떤 일이 있었던 걸까?

범인 이모 군은 해군사관학교 장교 출신인 아버지와 명문 여대 정
치외교학과 출신인 어머니의 둘째 아들이었다.

문화 수준이나 경제 상황 모두 전형적인 중산층 가정이었고, 이 군 역시 어릴 때부터 공부를 잘하는 모범생이었다.

그런데 부모의 욕망과 성격이 매우 달라 결혼 초기부터 부부 관계가 엄청 냉담했던 모양이다.

부모는 다투고 나면 두세 달은 서로 말 한마디 하지 않고 각방을 쓸 정도여서 집안에 늘 무거운 침묵이 흘렀다.

부모의 그런 스트레스가 모두 자식들에게 향했다.

부모는 각자 생활하면서 받는 나름의 스트레스를 아이들에게 거침없이 쏟았는데 반항하고 대드는 형보다는 이 군에게 더욱 영향이 컸다.

형은 자신에게 오는 부모의 성숙하지 못한 태도와 오류들을 때론 거부하고 때론 맞받아치면서 자신을 세워갔던 것 같다.

'지렁이도 밟으면 꿈틀한다'라고 했던가?

동생은 유순한 성격과 소심함으로 꿈틀조차 해보지 못했다. 그래서인지 부모는 이 군에게 가차 없는 폭력과 모멸을 일삼았다.

부부가 자신들의 스트레스를 온순한 둘째 아들에게 과도하게 풀었다고 생각되었다.

"너 같은 자식은 필요 없다. 나가 죽는 게 낫다."

"에라 이 등신 같은 놈, 싹수가 노랗다."

"너 같은 놈은 사회 부적응자다."

이 군은 이런 욕을 일상적으로 들었다.

밥을 늦게 먹으면 "굼벵이 같은 놈"이라는 욕과 함께 숟가락을 내동댕이쳤고, 전화 메모를 제대로 적어놓지 않았다고 따귀를 때리고, 시험공부를 하다가 일찍 잤다고 "한심한 놈"이라 야단치고, 군대에 갔을 때는 3년 동안 면회 한 번 가지 않았다.

과연 친부모들의 행태가 맞는지 의심스러울 정도다.

이러한 정신적, 육체적 학대를 받은 탓에 이 군은 만성 우울증, 대인기피증, 피해망상증이 있었다.

언제나 위축되어 있었기 때문에 학창 시절이나 군대 시절에 늘 왕따를 당했다. 친구도 하나 없이 늘 영화와 비디오게임에만 빠져 살았다.

이 군은 초등학생 때부터 학교 선생님보다 어머니를 더 무서워하며 벌벌 떨었다.

일반적으로 생각하는 어머니의 이미지를 이 군은 진정한 사랑의 대상으로 갖지 못한 것이다.

무한정 받아줄 것 같은 조건 없는 사랑을 경험해 보지 못한 이 군은 성인이 되었을 때 돈으로 여자를 사야 하는 줄 알았다.

정말 마음에 두고 사랑의 감정을 느꼈던 여성에게 말 한마디를 건네지 못했던 이 군은 그렇게 사창가의 여인에게 꼭 안아달라고, 입맞춤해달라고 간절히 부탁했다고 한다.

거리의 여자에게 웃돈을 얹어줘가며 따뜻한 스킨십을 부탁할 정도로 간절하게 사랑을 갈구했던 것이다.

20대 중반이 되어서야 딱 한 번, 어머니 앞에서 울면서 자신이 그동안 받은 고통을 하소연했다.

그때 어머니의 반응은 '왜 그때그때 말하지 않고 지금에서야 이야기하느냐, 남자 새끼가 한심하다'라는 독설뿐이었다.

이 군이 부모를 살해한 것은 그 며칠 후였다.

시체처리 삼 일 후에 검거된 이 군은 경찰 진술에서 이렇게 말했다.

"엄마가 '미안하다' 한 마디만 해줬어도 다 잊고 살았을 거예요.
그 말이 그렇게 어려운 말인가요?"

이렇게 듣고 싶었던, 아니 마땅히 들어야 했던 그 말을 듣지 못했으므로 이 군이 억울했던 것일까?

살해 이유가 진짜 그것 때문이었을까?

그것이 아니었다.

이 군은 누구보다 살고 싶었을 것이다.

그러나 자신이 살기 위해서는 넘어야 할 벽이 있었다.

다름 아닌 부모의 벽!

부모의 벽은 누구에게나 있다.

그러나 보통은 그 벽을 살아가는 과정에서 넘는다.

반항도 하고 화해도 하고 공격적으로 되었다가 협상도 하고 적당한 타협점에서 위로도 하고, 그러면서 서서히 벽을 넘어 분리되어가는 것이다.

그러나 이 군은 그 견고한 벽을 넘어야 하는지조차 몰랐다.

그 벽 앞에서 움츠리고 앉아 자신을 형편없는 놈팡이, 멍청이, 비굴한 놈, 겁쟁이로 몰아세우다가 갑자기 자기 자신에게 이런 질문을 던진다.

"나는 왜 나를 이렇게 욕해야만 하는가?"

그리고는 스스로 대답한다.

"내가 정말이지 형편없는 인간이므로, 멍청한 겁쟁이에 비굴한 인간이므로 그럴 것이다."

얼마나 서글픈 물음이고 대답인가.

대개 이러한 양육 환경에서 자란 사람들에게 자존감이란 남의 이야기가 되고 그것을 제대로 세워나가는 것을 기대하기는 쉽지 않다.

자존감이 낮은 사람들이 주로 하는 행동 몇 가지를 보면

첫째, 자기 자랑을 잘하고 냉정한 평가는 부정한다.

둘째, 별일 아닌 일에 크게 화를 내기도 하고, 어떨 때 쉽게 상처를 받고 해결점을 찾지 못해 방황하는 등 감정 기복이 심하다.

세 번째, 지기 싫어서 어떤 분야에서든 이기려 하고 타인의 시선과 평가에 민감하게 반응한다.

네 번째, 자신보다 나은 상대방의 모습에(외모, 실력, 직업, 월급 등등) 매번 질투심을 느낀다.

마지막 다섯 번째, 성형이나 진한 화장, 비싼 옷 등 자신의 겉
모습을 꾸미는 데에 관심이 많다.

등으로 요약해 볼 수 있다.

그렇다면 자존감이 낮은 사람들은 평생 이렇게 살아야 할까?

이런 의문이 들 것이다.

그 전에 자존감이 무엇인지 알 필요가 있다.

자존감은 남이 내게 매겨주는 감정이 아니라 스스로 나를 존귀하
게 여기는 마음이다. 즉 주관적 감정이기에 얼마든지 자신의 감정을
스스로 살피면서 자존감을 높일 수 있다.

제시 밀러가 쓰고 바버라 바커스가 그린 《청바지를 입은 수탉》그
림책을 읽어 보길 권했다.

수탉 앞으로 배달된 청바지!

바로 전날 밤에 수탉이 홈쇼핑을 통해 주문한 거였다.

청바지는 아주 잘 맞았고 생각한 그대로였기에 만족도가 높았다.

수탉은 모두가 이 멋진 모습을 좋아할 거로 생각해서 입고 외출을 했다. 그런데 이 모습을 본 다른 동물들은 수탉을 놀렸고 그들의 놀림과 비웃는 상황 앞에서 수탉은 부끄럽고 화가 났다.

이즈음에서 수탉이 어떤 행동을 해야 할까?

위 사례의 이 군처럼 부끄럽고 초라하다고 느낀 자신을 현실에서 빼내어 숨어버리거나 올라오는 분노를 표현해야 했을까?

모두를 상대로 화를 내거나 더 나아가 폭력을 행사하여야 했을까?

수탉은 처음에 황급히 헛간으로 몸을 피한다.

당황하면 누구나 할 수 있는 일이다.

그러나 수탉은 이 군과 다르게 그곳에서 자신의 마음을 진정시키고 정리한다.

이 책에서는 거울이 참 중요한 은유의 틀이 되고 있는데, 수탉이 옷을 입고 거울 앞에서 자신을 들여다보는 것으로 자신의 감정을 훑어 나가는 과정을 소개하고 있다.

수탉은 잠시 숨을 고르고 거울 앞에 선 '나'를 바라본다. 그리고 초라하거나 주눅들 필요까지 없다는 것을 스스로 받아들이게 된다.

"어라! 나 괜찮은데 …… 이렇게 잘 어울리고 잘 맞으면 되는 거 아닌가?"

스스로 만족감이 차오르며 타인의 시선이 어떻게 자리하든 개의치 않을 힘이 생기자 오히려 과감해지기까지 한다.

수탉은 그제야 타인의 의견에 과하게 신경을 쓰다 보면 자신이 바라는 게 무엇인지 모르게 된다는 것, 중요한 건 자신의 목소리에 귀를 기울여야 한다는 걸 알게 된다. 그렇게 했을 때 비로소 당당하게 지붕 위에서 자신의 목소리를 마음껏 낼 수 있게 된다는 것을 알았다.

그런데 삶이 이렇게 그림책처럼 극적으로 해결되면 얼마나 좋을까?

쉽게 자신의 목소리를 내는 단계까지 가도록 누군가가 물꼬를 터주면 더 좋은 일일 것이다. 즉, 타인의 도움이 초반에 있으면 더할 나위 없이 좋다는 말이다.

그런다 한들 낮은 자존감으로 이제껏 살아왔던 많은 이들이 단박에 자존감을 높인다는 것이 결코 쉬운 일은 아닐 것이다.

미국의 그림작가 피터 레이놀즈가 쓴 《점》 그림책에서 자기 마음을 제대로 표현하지 못하고 그것을 '반항'이라는 태도로 일관되게 보이는 주인공 베티를 만날 수 있다.

작가는 아이들에게 미술을 가르치다가 이 책을 구상했다고 한다.

교육 현장에서 만난 아이들 대부분은 그림 그리는 것을 어렵고 재미없는 일로 생각하고 있다는 것이다.

작가는 그림은 잘 그리는 법이 따로 있는 것이 아니라 자신이 하고 싶은 대로 마음껏 표현하는 것임을 알려주고 싶어서 책을 썼다고 한다.

그러면서 이 메시지를 전달해 줄 인물로 베티의 미술 선생을 등장시킨다.

미술 선생은 베티의 행동을 나무라거나 윽박지르지 않고 있는 그대로 받아들여 준다.

그리고 베티에게 자신이 스스로 그리는 것은 베티 자신의 것이며 이것은 누구의 시선을 의식하지 않아도 되는 당당한 작품이라는 것을 받아들이도록 안내한다.

그런데 현실에서는 이런 스승 한 분을 만난다는 것이 왜 이리 어려울까?

밑도 끝도 없이 내 맘 이야기할 때 묵묵히 어깨 토닥이며 '괜찮다'라고 말해주는 누군가가 왜 이렇게 간절한 걸까?

살면서 너에게 어떤 존재가 간절히 필요했던 때가 있다면,

다른 이에게 네가 그런 존재가 되어주어라.

오래전에 어느 책에선가 읽었던 이 구절을 나는 늘 잊지 않고 있다. 누구나 내면에는 아름답고 선한 것을 그리워하는 마음을 갖고 있다. 고결한 씨앗을 가지고 있다. 그 씨앗을 보아주는 사람, 그 씨앗을 믿고 기다려 주는 사람, 사람은 누구나 자기에게 '그런 사람'이 있어주기를 바란다.

특히 이 군처럼, 남들의 냉대를 자신의 잘못으로 결부시켜서 스스로 살 가치가 없다고 느끼는 사람들에게는 더욱더 그렇다.

'그런 사람'이 얼마나 간절하게 필요하면 유행가에 녹아 있는 가사 글귀에 우리가 그토록 공감하겠는가.

"슬픈 내 삶을 따듯하게 해준 단 하나의 사람입니다"

─「그런 사람 또 없습니다」

"날 세상에서 제대로 살게 해준 유일한 사람이 너란 걸 알아"

─「너를 위해」

이런 노래 가사에 우리는 얼마나 위로를 받았던가.

그런데 정작 내 주변에 그런 사람이 없다는 것이 문제인가.

그렇다면 이 글을 읽고 있는 그대들에게 어느 하늘 아래 가만히 그 아픔을 들어 줄 '김. 영. 아' 한 사람이 있다는 사실을 기억해 주었으면 좋겠다.

그런 사람을 찾는 데서 나아가 우리 자신이 '그런 사람'이 되어보자.

내가 간절히 바라던 그런 사람이 멀리 있지 않다고 하면서 내가 누군가에게 그런 사람으로 손을 내밀어 보자.

내 앞에 있는 사람을 나와 똑같은 것에 아파하고 똑같은 것을 그리워하는 사람으로 생각하고 바라본다면 그 사람의 어색한 몸짓 하나에서도 그가 지닌 가장 빛나는 것을 보게 될 것이다.

그리되면 교양에서 나온 배려심이 아니라 내 마음이 가는 그대로를 따라 그 사람의 손을 잡아주게 될 것이다.

"얼마나 아팠니. 얼마나 힘들었니."

그렇게 말하며 손을 잡아주는 마음이란 얼마나 고결한가.

사람은 누구나 신의 손길을 기다리지만 이런 것이 곧 신의 손길 아닐까 싶다.

사람은 자신에 대해서는 신이 될 수 없지만, 타인의 아픔에 대해서는 신이 될 수 있다.

이러한 역할 속에서 사실 자신도 치유를 받는다.

사람이 사람을 위로할 때, 신도 자기가 인간을 창조한 게 잘못은 아니었다고 위로받을 것이다. ✿

나를
만나는
여행의 시작

—　　　　　　　　　벌써 십여 년이 흘렀다. 그럼에도 잊히지 않는 어느 봄날! 군부대에서 관심사병 집단상담을 이끌었던 기억이 진한 감동으로 남아 있다.

신체 조건에 특별한 문제가 없는 한 대한민국 남자라면 누구나 군대에 간다. 때문에 한국에서 군대는 특수한 집단이라기보다 갓 성인 생활을 시작하는 20~25세 남자들의 보편적인 표본 집단이라 할 수 있다.

관심사병들 역시 딱히 군대여서 생겨난 사람들이 아니다.

입대 전부터 우리 사회 자체의 문제를 안고 있는 사람들로서, 사회가 관심을 두고 손을 내밀어야 할 '관심 청년'들이다.

12주란 한정된 기간에 집단으로 만나는 특수상담이라서 '일일이 개개인의 아픔과 맞닿을 수 있을까?' 하는 우려를 적잖이 했다.

그러나 우려와는 달리 풋내 나는 몸짓과 표정으로 자신의 속마음을 꺼내 놓고 다가오는 그들로 인해 다양한 아픔들을 만났다.

사병들이 지닌 상처나 고민은 내가 운영하는 개인상담소에서 만나던 젊은이들과 크게 다르지 않았다.

그러나 부대라는 한정된 공간에서 획일적인 규율로 생활하다 보니 조금 더 거칠게 혹은 기죽은 상태로 자기 문제들과 씨름하고 있었다.

처음에는 선뜻 자기 이야기를 꺼내는 사병들이 거의 없었다.

각기 다른 부대에서 온 낯선 사람들 간의 집단상담이라 서로 얼굴도 모르고 생판 처음 보는 사이라 느껴져서 더 그랬을 것이다.

그러나 만나는 시간이 거듭될수록 속 이야기들이 나오기 시작했고, 사병들 간에도 조금씩 친밀감이 생겨났다. 나 또한 사병들 모두가 군에 간 어린 막냇동생처럼 여겨지며 안쓰러웠다.

상담을 진행하는 4회기부터는 상담 후 돌아오는 길에 길가에 차를 세워놓고 울지 않은 날이 한 번도 없었다.

도저히 운전을 할 수 없을 만큼 아파서 한참을 먹먹한 가슴을 쥐고 있었더랬다.

그만큼 그들의 아픔은 내 가슴을 울리고도 남음이 있었다.

사회의 상담프로그램과는 의미가 다른 자리였기에 12주 마지막 날에는 후원자 역할을 자처한 지인의 도움으로 피자 10판과 통닭 20마리를 마련해 제법 떠들썩하게 유쾌한 '쫑파티' 자리를 가졌다.

그 자리에서 나는 한 사람씩 돌아가며 그간의 개인적 느낌과 변화된 마음가짐 등을 이야기해 보도록 했다.

집단상담을 하고 나면 자연스럽게 만들어지는 상호 피드백 자리다.

비교적 밝은 이야기들이 나오며 어느 정도 시간이 지났을 때였다.

사병 하나가 굳은 표정으로 말했다.

"교수님이 가고 나면 어떻게 될지 참 힘들어요."

"뭐가?"

"우리가 여기에서 아픔을 나누었다고 하지만, 결국 해결되는 건 없는 거잖아요? 변한 게 뭐가 있어요?"

말하면서 더 열이 올랐는지, 따지기라도 하듯 사병의 목소리가 갑자기 높아졌다.

분위기가 순식간에 가라앉았다.

주변 몇 명은 내 눈치를 보기까지 했다.

상담을 통해 안정돼 가던 사람이 갑자기 반박을 쏟아내는 건 종종 있는 일이다.

오히려 그런 시간에 한 걸음 더 내면과 만나는 기회가 주어진다.

그 사병은 아버지의 폭력성 때문에 집안이 하루도 편할 날 없는 가정에서 자란 아픔을 안고 있었다.

급기야 어느 날은 아버지가 엽총으로 어머니를 쏘려고 하는 것을 사병이 겨우 말린 적도 있었다. 그 일로 어머니는 집을 나가 버렸다.

사병은 그 얼마 후에 군에 입대하였다.

상담 중에 사병은 아버지를 피해 집을 떠날 수 있어 해방감을 느꼈다고 했다. 남들은 입대가 두려운, 어떻게 보면 원치 않는 통과의례였지만 사병은 그것이 오히려 반가운 피난처였다.

문제는 집에 초등학교 저학년인 동생이 있다는 점이었다.

사병은 폭력적인 아버지 밑에서 동생이 혼자 견딜 일들 때문에 매우 걱정하고 있었다. 혹 동생이 그 모진 학대를 견디지 못하고 도망이라도 가면 어쩌나 하는 두려움과 만약 동생이 도망쳐 이대로 연락이 끊겨 못 만날지도 모른다는 생각에 도피하듯 입대한 것에 죄책감마저 느끼는 듯했다.

자대에 배치된 후 거의 잠을 못 잘 정도로 힘들어한다고 부대의 대대장도 사전 정보를 준 적이 있었다. 내가 처음 보았을 때도 파리한 병색을 띠고 있어 무언가 위태롭게 보이던 사병이었다.

나는 가만히 사병의 눈을 들여다보다가 말했다.

"변한 게 있지. 너 스스로 말했잖아, 이제 좀 강해진 것 같다고.

그래, 넌 군에 오기 전보다 강해졌어. 석 달 후면 제대한다면서? 난 여기에서 힘든 시간을 무사히 마친 네가 대견스럽다. 이제는 아버지 대신 네가 동생의 보호자가 되어 줘야지. 군에 오기 전에 네가 그토록 갈망했던 보호자가 이제는 너인 거야."

내 말이 끝나기도 전에 사병이 다시 소리쳤다.

"다 필요 없어! 난 그냥 죽어버릴 거야. 동생을 지킬 자신이 없어. 내가 할 줄 아는 게 없어. 죽으면 다 끝나는 거야."

나에게 말하는 것이 아니라 혼자 감정이 폭발한 것이었다.

어떤 면에서 그것은 일종의 투정이었다.

상처가 오래되고 깊은 사람들은 위로와 지지를 받으면 오히려 자조적으로 되는 심리가 있다. 그것을 받아주어야 할 때가 있고, 치고 나가야 할 때가 있다.

"죽으면? 죽으면 정말 다 끝나?"

나는 사병의 눈을 똑바로 바라보며 큰 목소리로 나무랐다.

그러고 난 다음이다.

사병이 다시 뭐라고 말하려는 순간 옆에 있던 다른 사병이 냉소적으로 말했다.

"죽어? 남은 사람은 어떡하라고? 그렇게 걱정하던 네 동생은 어떡하라고?"

그 사병을 돌아보았다.

집단상담을 할 때 아버지 이야기만 나오면 입을 닫던 사병이었다.

어느 날 아버지와 같이해 보고 싶은 일에 대해 돌아가면서 한마디씩 하던 시간에 자기는 아버지가 없다고 했던 사병이었다. 돌아가셨냐는 물음에도 그는 입을 닫고 한마디도 하지 않았었다.

그 사병이 차가운 표정으로 처음의 사병을 쏘아보았다.

"너 그거 알아? 그렇게 가면 남은 사람은 정말 미친다. 우리 아버지는 우릴 두고 자살했어."

모두가 처음 듣는 이야기였다.

아버지가 운영하던 회사가 부도가 났다고 한다.

어느 날 고등학교에 다니던 그 사병이 집으로 돌아오자 초등학교

3학년인 막내가 하얗게 질린 채 선 채로 오줌을 싸고 울고 있더란다. 왜 그러냐고 물어도 아무런 말도 못하더란다.

잠시 후 막내를 따라 욕실로 갔다.

거기에 아버지가 목을 매고 죽어 있었다. 집안에 형제가 세 명 있는데, 가장 어린 막내가 그 모습을 처음 본 것이었다.

이번엔 그 사병이 아까 그 사병처럼 감정이 폭발하여 소리를 지르기 시작했다.

"난 우리 아버지를 용서 못 해. 씨발, 부도 날 수 있어. 망할 수 있어. 그치만 자기 혼자 그렇게 인생 정리하면 우린 어떻게 하라고. 우리 막내 지금 정신병원에 있다. 열다섯 살짜리가 정신병원에 있다고. 너 죽으면 네 동생 어떡할 건데? 죽으면 다 끝나냐?"

속으로 나는 고맙고 다행이라고 생각했다.

그런 건 집단상담에서 종종 있는 일이다. 서로의 상처가 하나로 섞여 위로하며 꾸짖고, 비판하며 연민한다. 누가 더 슬프겠냐며 겨루는 게 아니라, 너의 아픔 나의 아픔을 다 똑같은 상처로 바라보면서 서로 연민한다.

동정이 그저 안 됐어 하며 바라보는 측은의 눈길이라면, 연민은 깊은 이해로 함께하는 긍정의 시선이다. 그리하여 연민 자체가 정화 작용이 된다.

잠깐 침묵이 흐른 후 내가 나중의 그 사병에게 말했다.

"고맙다. 네가 끝까지 아버지 이야기를 하지 않아 돌아가는 내 발걸음이 편하지 않을 것 같았는데. 그런데 ……."

목이 메어와 말을 잇지 못했다.

다만 흐르는 눈물 너머로 보이는 그 녀석의 들썩이는 어깨를 바라보다 마주친 눈으로 환히 웃어주었을 뿐이다.

그리고 속으로 이렇게 뇌었다.

'이렇게라도 네 안의 말을 해주어서 고맙고, 약해진 친구를 위해 네 상처가 힘이 될 것 같아서 또 고맙다. 부디 네 속 얘기를 다 할 수 있는 예쁜 그런 여자 친구를 만났으면 좋겠다. 그땐 가슴 응어리 풀어 바다로 떠나보내렴.'

그러자 또 다른 사병 하나가 나서서 자기 옷소매를 걷었다. 손목에 몇 개의 줄이 보였다.

낮고 굵직한 경상도 사투리가 흘러나왔다.

"나 봐라. 여기 오기 전에 손목 한두 번 안 그어봤나. 감정 갖고 되는 거 없더라. 우리 다 만만찮은 아픔들 있다 아이가. 교수님이 제일 처음 준 시 기억 안 나나. 난 그 시를 매일 같이 읽는데이. 선택을 잘 해야 한다 안 했나. 잘못된 거 있다몬 여기서 다 까고 새로 출발하자. 우리들 그래서 여기 온 거 아이가."

군이란 특수상황으로 소설이나 두께가 있는 책들을 권할 수 없어서 주로 시들을 텍스트로 주었었다.
독서 치료에서는 시 치료도 하나의 영역이어서, 첫 회기에 그들에게 미국 시인 프로스트의 〈가지 않은 길〉이라는 시를 주었다.

노란 숲속에서 바라보는 숲은 두 갈래 길을 품었다.
나는 두 길을 다 갈 수 없기에 선택을 해야만 하는 상황이다.
그 순간에 인간이 갖게 되는 망설임과 셈 계산!
그리고 남겨둔 길에 대한 미련과 '내가 남겨둔 거지, 가지 못한 게

'아니다'라고 애써 외면하는 허세까지.

남겨둔 길에 대한 동경과 미련을 접지 않으면

우리는 지금 가고 있는 길에 대한 최소한의 예의를 갖출 수 없다고.

그래서 선택을 할 때 두 눈 똑바로 뜨고 잘하라고.

그리고 선택한 후에는 전심을 다 하라고.

그만큼 출발과 그 출발에서의 선택은 중요하다.

그리고 그것은 오롯이 자신의 몫이라고.

그래서 시는 마지막 연에 이렇게 다시 말하고 있다.

오랜 세월이 흐른 다음

어디선가 한숨을 쉬며 나는 이야기하겠지요.

숲속에 두 갈래 길이 있었다고,

나는 사람이 적게 간 길을 택하였고

그로 인해 내 운명이 달라졌다고 …….

맨 처음에 말을 꺼냈던 사병은 더는 아무 말도 하지 못했다.

그 옆에 있던 사병이 그를 안았으므로.

그 품에 무너져 오열하고 있었으므로.

나 역시 어떤 말도 덧붙일 필요가 없었다.

그날 나를 포함해서 모두가 울었다.

슬픔의 경연장 같은 아픈 속내들이 상담 막바지에 새삼 터져 나왔다. 그러나 마지막은 상처가 힘이 되는 아름다운 장면으로 끝날 수 있었다.

동병상련의 연대감이 만들어낸 자리였다.

나는 또 한 번 우리네 삶의 저 무성한 상처들에도 불구하고 우리 스스로 우리를 지켜내는 연민과 공감의 힘을 믿을 수 있었다. ●

나만
모르는
내 그림자

―　　　　　　　　　불안은 살아있는 생명체 모두가
친숙하지 않은 환경에 적응하고자 할 때 나타나는 가장 기본적인 반
응양상이다. 이는 식물이나 동물, 인간에게 모두 나타나는 기본적인
정서다.

흔히 현대를 불확실성의 시대와 무경계의 전쟁 시대라고 일컫는다.
　기후변화가 가져온 북극곰의 처절한 생존의 몸부림은 생과 사라는
극도의 불안을 유발했고 보는 이를 경악하게 하면서 지구 어느 곳의
문제가 아닌 실시간 우리의 문제로 다가왔다.
　기후를 예측할 수 없는 결과는 유비무환이라는 단어를 무색하게
만들고 엄청난 자연재해 앞에서 속수무책으로 당하는 나약한 인간
의 존재만을 확인하게 될 뿐이었다.
　나아가 무경계의 세계 경제 전쟁은 턱밑까지 불안이라는 감정으로
치받고 있다.
　심지어 코로나19로 인해 바로 옆에 있는 사람들과의 거리두기뿐 아
니라 사회적인 시스템 자체가 멈춰버리는 초유의 사태를 겪으면서
'코로나블루'는 기본이고 감정의 밑바닥에서 좀처럼 회복하지 못하는
지경까지 치닫고 있다.
　전 세계적으로도 그렇지만 2019년 통계청에 따르면 국내만 해도

8.7퍼센트나 불안장애 유병률을 보인다고 한다. 그러나 조사에 응하지 않은 사람들이 상당수 있을 것으로 보여 제대로 된 통계에서는 비율이 이보다 훨씬 높을 것으로 본다.

불안장애는 결코 하얀 환자복을 입은 정신병자의 이야기가 아니다.

불안은 그저 하루를 평범하게 살고 있다고 느끼는 우리 모두에게까지 꽤 가깝게 와있다.

이미 우리 존재의, 우리 생활의 일부가 된 것이다.

정상인도 위험이나 고통이 예견될 때, 또는 예기치 않은 상황에 직면했을 때 불안 현상을 경험한다.

이는 정상적인 불안이다.

예를 들어 어린아이가 어머니와 분리되었을 때, 첫 등교 때, 첫 데이트 때, 노화 혹은 죽음 등에 직면했을 때 등에 나타나는 불안은 정상적인 것으로서 이를 극복하고 해결하는 과정을 통해 사람은 성장하고 변화하며 정체성을 획득하고 인생의 의미를 깨닫게 된다.

그러나 같은 자극에도 부적절하게 반응하게 되는 병적 불안은 소위 '신경증적 장애'를 넘어 각종 '정신병적 장애' 상황까지 나타난다.

문제가 되는 것은 바로 이러한 병적인 불안이다.

불안은 마치 위험한 일이 발생할 때 울리는 경계경보와 같다.

실제적인 위험이 발생할 때 그에 대비하도록 울리는 경계경보는 우리의 안전을 위해 도움이 된다.

그러나 만약 경계경보 장치가 너무 민감하거나 잘못되어 수시로 경계 음을 내게 된다면 불필요한 경계태세를 취하게 되고 과도하게 긴장하게 되며 혼란 상태에 빠지게 된다.

이처럼 불안 반응이 부적응적인 양상으로 작동하는 경우를 병적인 불안이라고 한다.

사람이 많은 곳이 두려워 학교며 극장이며 시장에도 가지 못하는 사람, 비행기가 무서워 한 시간이면 갈 거리를 자동차로 열 시간 걸려가는 사람, 병에 걸릴까 두려워 집 밖에도 나가지 못하고 남을 절대 만지지 못하는 사람, 멀쩡하게 생기고 똑똑한데도 사람들이 자기를 못생겼다고 멍청하다고 생각할까 봐 사람들을 피해 집 안에만 틀어박혀 있는 사람, 등등 이것이 바로 병적인 불안이다.

융의 이론을 잘 설명해 놓은 가와이 하야오의 《카를 융, 인간의 이해》에서는 이 병적 불안에 대한 명확한 개념을 잘 풀어 놓았다.

어떤 개인이 자기실현 문제에 직면하는 시기는 그 사람에게 가장 위험한 때라고도 할 수 있다. 이때 많은 사람은 자신이 지금까지 가지고 있던 가치관이 역전되는 경험까지 하게 된다.

지금까지 사고기능의 유용성을 확신하던 사람은 감정 기능의 중요성에 직면해서 주춤거릴 테고, 여성스러운 것은 경멸해야만 한다고 생각하던 남성이 여성스럽게 행동하는 자신을 발견하고 놀라기도 할 것이다. (……) 실제로 자기실현을 위해서는 지금까지 자신이 전적으로 옳다고 생각하던 것까지 버려야 하는 때가 있다.

즉, 자아가 무의식과 통합하는 과정에서 오는 일종의 혼란, 몸살이 바로 대표적인 병인데, 우리 인간은 일생을 살면서 이 재조정의 시기를 경험하게 되니 어쩌면 이것은 자연스러운 현상이라 할 수 있다.

그러나 이를 거부하고 겪을 것을 겪지 않으려 하는 상태가 지속된다면 바로 진짜 병, 병적 불안이 된다.

홍성교도소 집단상담에서 만난 좋은행복 님의 이야기를 보자.

그는 자신의 닉네임을 '좋은행복'이라고 지었다.

"날 만난 사람들은 늘 불행했어요. 부모님도 그랬고 친구들도 그랬던 것 같아요. 그래서 이젠 좀 다르게 생활해 보려고요. 날 만나서 하루가 좋고 일주일이 좋고 일 년이 좋고 …… 그래서 행복했으면 좋겠어요."

"그럼 좋은하루 님은 이제부터 만나는 분들에게 어떤 사람으로 다가가려고 하는데요?"

"제가 되게 예민했어요. 사실 여기도 그래서 왔거든요. 저 자신이 너무나 불안해서 남을 참 힘들게 했던 것 같아요."

그는 건장한 신체를 가지고 있었다.

굵직굵직한 선이 뚜렷한 외모로 키까지 커서 유난히 눈에 띄었다.

평범해 보이지 않았다.

눈빛도 날카로워서 만만해 보이지 않았다. 소위 조직에서 한자리하고 있는 인물은 아닐까? 하는 생각을 하게 하는 사람이었다.

그래서인지 늘 그에게는 잡음이 끊이지 않았다.

문제는 거기에 있었다.

사실 그는 외모와는 달리 그쪽 세계와는 무관한 맑고 순박한 충청도 청년에 불과했다.

그런데도 사회는 그를 가만히 놔두지 않았다.

자신의 의지와 상관없이 어린 시절부터 그는 강자라는 위치에 세워져 있었다고 했다. 아이들과 싸우면 잘못하지 않았고 심지어 맞았음에도 늘 그는 악한이 되어있었다.

학창시절에는 선생님들에게 욕 먹기 일쑤였다.

학부모들에게는 자녀들이 사귀지 말아야 할 기피 대상 1호로 각인되었다. 거리를 걸으면 으레 경찰의 신분증 제시 요구까지 받아야 했고, 흘끗흘끗 쳐다보거나 피하는 사람들의 시선을 의식해야 했다.

심지어는 여행을 간 곳에서 패싸움이 일어났는데 자신과는 무관한 싸움 때문에 파출소까지 끌려가 조회를 받은 적도 있었다.

이러한 경험으로 그는 사람들에게 지적을 당할까 봐 늘 불안했다.

사람 속으로 들어가는 것이 두려웠다.

그래서 그는 게임 속으로 들어가 버렸다.

무려 3년 넘게 게임 속에서 살던 어느 더운 여름날 밤!

목이 너무 말라 잠시 맥주를 사러 나왔던 그는 자신을 향해 손가락질하는 세 사람을 마주 대하게 된다.

사람이 사람을 위로할 때
신도 자기가 인간을 창조한 게
잘못은 아니었다고 위로받을 것이다

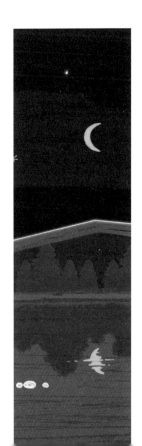

너무 화가 나 그들을 다시 쳐다보는 순간!

그의 눈에 그들이 닌자로 보였고, 그는 닌자를 제거하였다.

정신을 차리고 보니 피가 낭자한 상태에서 두 명은 숨졌고 한 명은 부상으로 실려 갔다.

그렇게 살인이 일어난 것이다.

실려 간 최후 목격자의 증언은 세 사람이 보름달이 어디 떴는지 확인하며 하늘을 가리키다가 난데없이 당한 일이었다는 것이다.

병적 불안은 이렇게 어이없는 결과를 만들기도 한다.

대부분의 불안과 그로 인해 일어날 일에 대한 공포는 과장될 가능성이 높다. 이는 우리의 뇌가 부정적 경험을 데이터화하기 때문이다.

뇌의 부정적 경향성 때문에 과잉불안을 야기하고, 또 이것은 예측에 있어 과잉평가를 하게 해서 우리를 괴롭힌다는 것이다.

그런 면에서 불안의 양상을 좀 더 알아두는 것도 좋다.

병적인 불안은 다음과 같은 점에서 정상적 불안과 구별된다.

첫째, 현실적인 위험이 없는 상황이나 대상에 대해서 불안을 느끼는 경우다. 실제로 위험 가능성이 거의 없거나 대부분 사람이 위험을 느끼지 못하는 상황에서 자주 불안을 느낀다면 이는 병적인 불안이라고 할 수 있다. 즉, 불안해하지 않아도 될 상황에서 불안을 느끼는 경우가 이에 해당한다.

둘째, 현실적인 위험의 정도에 비해 과도하게 심한 불안을 느끼는 경우다. 우리의 생활 속에는 매우 사소하거나 그 발생 확률이 매우 희박한 위험이 많이 널려있다. 그러나 이처럼 사소하고 희박한 위험 가능성에 대해서 지나치게 강한 불안과 공포를 느낀다면, 이 역시 병적인 불안이라고 할 수 있다.

셋째, 불안을 느끼게 한 위협적 요인이 사라졌음에도 불구하고 불안이 과도하게 지속하는 경우는 병적인 불안이라고 할 수 있다. 우리는 위험한 일이 발생하면 바짝 긴장하며 불안을 느끼지만, 그러한 위험이 사라지면 긴장을 풀며 안도감을 느낀다. 그러나 위험한 상황이 해소되었음에도 지속해서 불안과 긴장을 느끼는 것은 부적응적이라고 할 수 있다.

이렇게 볼 때 좋은행복 님은 불안하지 않아도 될 상황, 위험의 정도가 낮은 상황에서조차도 자신의 불안을 조절하는 능력을 상실하였다.

거기에 더하여 불안 때문에 피해 들어간 컴퓨터 세계에서 중독이라는 병을 더하여 가상과 현실을 구분하지 못하는 지경에 이른 것이다.

참으로 안타까운 일이었다.

이탈리아의 그림작가 프란체스카 산나가 쓴 《쿵쿵이와 나》 그림책을 권했다. 이 책은 좋은행복 님이 느꼈던 불안을 '쿵쿵이'라는 이름을 붙여 표현했다.

'나'에게는 비밀이 하나 있다.

'쿵쿵이'라는 꼬마 친구다.

쿵쿵이는 나를 돌봐 주는 둘도 없는 단짝이다.

쿵쿵이는 내가 갈등상황을 만나 당황하거나 또는 마음의 안정이

흔들리게 될 때 올라오는 불안이라는 감정을 의미하는 메타포다.

어찌 보면 '불안'이라는 감정을 좀 더 친숙하게 느끼도록 설정한 장치인 셈이다.

그럼에도 책에서는 비밀이라고 에둘러 표현하며 쿵쿵이를 가지고 있는 '나'를 부끄러워한다.

누구에게 들키고 싶지 않은 친구다!

친구라면 어디서든, 누구에게든 소개해 주고 같이 만나 이야기를 나눌 수 있어야 하는데 주인공은 이 쿵쿵이를 둘도 없는 단짝이라고 말하면서 왜 꼭꼭 숨기고 있을까?

그것은 자신도 모르는 사이에 감정 밑바닥에 부정성이 깔려 있어서다. 인정하고 싶지 않고 외면하고픈 감정이기에 선뜻 남 앞에 보여주기를 꺼리는 것이다.

즉, 쿵쿵이를 두고 있는 나는 못난 '나'이고 쿵쿵이는 남에게 보여주고 싶지 않고 들키고 싶지 않은 바로 내 그림자라고 생각하기 때문이다.

그러나 내가 그렇게 숨기고 싶어 해도 내 그림자는 나에게 자꾸 호소한다.

"나 무서워, 나 힘들어."

왜 안 그럴까? 주인공은 언어도, 환경도 낯선 새로운 나라로 이사를 오게 되면서 모든 것이 낯설기만 한 상황이었으니, 어느 것 하난들 편했겠는가.

이런 마음으로 쿵쿵이가 너무 커져 버린 탓에 주인공은 학교생활이 버겁기만 하다.

책의 표현처럼 내 그림자가 힘들어하고 그래서 크기가 커져 버리면 내 삶도 힘들어진다.

잘해보려고 하는데 맘처럼 쉽지 않은 것이다.

확실히 그림책의 묘미는 여기에 있다.

불안의 크기가 내 마음에 따라 커지고 작아짐을 너무도 재미있게 그려냈다.

사실 주인공 '나'와 쿵쿵이는 별개의 두 존재가 아니다.

그러나 그림책에서는 내 불안을 '나'라는 존재 밖에 있는 쿵쿵이로 따로 그렸다. 이름도 붙여줌으로써 시각화를 시켜 놓았다. 불안이 커진 상황의 쿵쿵이를 크게 그림으로써 명확하고 실감나게 전달한 것이다.

그런 주인공에게 어느 날 한 아이가 다가온다.

그 아이도 주인공 아이처럼 비밀 친구가 있었다.

쿵쿵이는 혼자만 두려움을 느끼는 게 아니란 사실을 깨닫자 다시 작아진다.

그 아이의 내면에 자리한 그림자를 통해 동질감과 더불어 안도감을 갖게 된 것이다.

아이러니하게도 우리는 남과 비교하면서 참 많이 아파한다.

또 남과 같은 경험과 감정을 공유하는 데서 위로를 느끼기도 한다. 그러면서 종국에는 혼자가 아닌 '함께'라는 것에서 근원적 해답을 얻는다.

이 그림책을 내가 가진 마음의 상태에 따라 불안이 커지고 작아진다는 설정을 이해하면서 읽어보면 어떨까?

"헉! 내가 그토록 무서워했던 것이 이거였어?"

불안이 작아지고 귀여워지고 심지어 만만해지게까지 될 것이다. ✤

열하나

벼랑 끝으로
내모는 것은
사실 나였다

—　　　　　　　　　　　불안이 그토록 우리를 힘들게 만

든다고 했다. 그런데 아는가? 불안의 이중적인 속성을 …….

　불안은 고통의 근원이기만 한 것이 아니라, 삶의 원동력이기도 하다.

　훌륭한 예술가, 학자, 스포츠 선수, 정치인 중에는 불안에서 영감과

힘을 얻은 사람들이 많다. 찰스 다윈, 로버트 팰컨 스콧, 괴테, 사무엘

베케트, 프란츠 카프카, 안토니오 비발디 등은 공황장애를 앓았다.

　또 카이사르와 나폴레옹은 고양이 공포증에, 링컨은 광장공포증에

시달렸다. 심지어 정신분석의 창시자인 지크문트 프로이트도 공황장

애를 비롯한 불안장애를 앓았다.

　앞의 예에서 보듯 수많은 예술가, 학자, 정치인들이 불안장애 환자

였다.

　이렇듯 불안은 창조력과 상상력을 높여주고, 끊임없이 더 나은 사

람으로 발전하는 원동력이 되기도 한다.

＊＊

“교수님. 전에 제게 《인생 수업》 읽어 보라고 하셨잖아요. 그 책 읽

고 느끼는 게 많았어요.”

“그래? 어느 면이 좋은행복 님을 그런 느낌 속으로 빠지게 했을까?”

"저 실은 고등학교 때 친구 여덟 명을 팬 적이 있어요. 어차피 패지 않아도 날 보는 시선은 매번 그 모양인데 확 패 보고나 그런 말 듣자 뭐 이런 생각에 그랬나 봐요. 그런데 그 친구들을 패 놓고는 영 맘이 그랬어요."

"죄의식 같은 거?"

"그 책에서처럼 내가 한 짓에 대해 사과하고 정리도 잘하고 싶었어요. 죽은 사람들에게는 그걸 하기 힘드니까 …… 고등학교 때 제가 팬 친구들에게는 사과해야 할 것 같아 미안하다고 편지를 써서 붙였어요."

"여덟 명 모두에게?"

"예."

갑자기 좋은행복 님이 커 보였다.

머리까지 깎아 우락부락한 모습인 외양은 이미 내 마음에 없었다. 다만, 시험을 끝내고 결과를 기다리며 초조해하는 고등학교 남학생의 모습만이 있었다.

그런 그에게 무엇인가 한계를 말해주어야 했다.

이럴 때 나는 내 직업의 냉정함에 치를 떤다. 객관적인 답을 주어야 하기 때문이다.

"잘했다. 너무 잘했어. 분명히 네 진심이 전달될 거야. 하지만 이렇게 생각하면 좋겠어. 넌 15년 전에 저질렀던 네 죄과에 대해 편지를 보내는 참회 의식을 치렀다고 말이야. 이제 스스로 잘 성장해서 혼자 성스러운 의식을 거행한 거라고. 거기에 응답을 기다리고 말고는 없다고. 답은 의미 없는 거라고."

"알아요. 무슨 말씀인지. 답장 같은 거 기대도 안 해요."

"그래. 고맙다. 참 고맙구나."

뭐가 고마웠는지 모른다.

뜬금없이 난 고맙다는 말을 연거푸 했다.

그리고 그 녀석의 손을 덥석 잡았다.

혹서기를 피해 8월을 쉬고 9월 특수상담을 위해 찾은 홍성교도소는 이제 낯선 곳이 아니었다. 그곳에서도 그동안 잃었던 자신의 존재 가치를 찾아가며 자신의 상처를 고치고 싸매며 어루만지는 무수한 아픈 영혼이 있다는 사실만이 나에게 의미가 있었다.

그런 영혼을 만나는 9월의 특수상담은 좋은행복 님이 속해 있는

팀의 상담이 아니었다. 그런데 나는 좋은행복 님이 궁금했다. 말로는 기대를 안 한다 했지만 실망하여 어떻게 반응할지 몰랐기 때문이다.

사실 교도소 안에서도 병적 불안으로 여러 번 문제가 되었고 독방에 갇힌 적도 있었기에 성장하는 모습에 안도하는 맘이 있으면서도 내심 불안했다.

그래서 점심시간에 짬을 내 접견 신청을 했다.

"잘 지냈니? 면회 신청한 사람이 난 줄 알았어?"

"예. 아무리 생각해봐도 교수님밖에 없더라고요. 근데 사실 저 교수님 기다렸어요."

"야. 기분 좋은데 …… 그런데 왜 날 기다렸을까?"

"교수님! 제가 편지 보냈다고 했잖아요. 그런데 그중에 한 명이 답장을 보내줬어요."

자랑하고 싶었구나. 저 뿌듯해하는 얼굴!

저 아이가 살인을 저질렀다니.

그때 뭔지 모를 뜨거운 것이 올라왔다.

그러면서 나는 얼굴도 이름도 모르는 어떤 타인에게 한없이 고맙고 또 고마워했다.

당신의 답장이 모든 삶을 내려놓았던 한 사람을 살렸어요, 라고 말해주고 싶었다.

나에게 성숙한 의식을 치렀다고 생각하기로 약속해 놓고도 어쩜 이 녀석은 답을 기다리고 있었는지 모른다.

그걸 생각하니 더 고마웠다.

"근데, 교수님! 그 친구가 한 주 뒤에 저를 면회 왔었어요."

"오! 그래? 그 친구 정말 고맙네."

"근데요. 오히려 그 친구가 나에게 고맙다고 하더라고요. 도대체 그 친구는 내게 왜 고맙다고 했을까요?"

"그걸 나한테 물으면 어떻게 해? 네가 생각해 봐야지."

"그러게요."

한층 밝은 얼굴이었다.

불안에 떠는 모습은 어디에도 없었다.

불안장애, 특히 인간과의 관계 불안으로 힘들어하던 그 친구의 예전 모습을 찾을 수가 없었다.

보통 학교 폭력에 노출된 아이들을 상담하다 보면 그들의 분노가

장난이 아님을 실감한다.

사실 얼마나 아팠겠는가?

또 얼마나 수치스러웠겠는가?

그들에게 때린 상대가 지금 어떻게 해주면 용서할 수 있을 것 같은지 물을 때가 있다. 그럼 열이면 열 모두 한목소리로 진심으로 사과하면 용서하겠다고 말한다.

그들에게 사과보다 더 중요한 것은 진심이 담기는 것이다.

이들도 관계 불안을 안고 살아가긴 마찬가지다. 인간은 관계적 동물이라 하지 않던가.

그런데도 관계가 근본부터 틀어져 자신의 존재가치가 훼손당하고 관계 맺음이 두려워 회피하고 마는 것이다.

좋은행복 님을 찾아온 그 친구는 고마웠을 것이다. 자신의 친구가 마음을 다해 사과해 주었으므로. 15년간 안고 살았을 수치심의 짐을 내려놓을 수 있었으므로.

❀ ❀

좋은행복 님 사례는 말 그대로 특수사례다.

불안으로 인해 야기된 결과가 살인으로까지 이어졌으니 평범한 우

보여주기 싫은 나의 모습이 싫지 않을 때
그리고 '나'에 대한 인식이 올바로 섰을 때
비로소 자기다울 수 있다

리 얘기와는 멀다고 생각할 것이다.

그러나 꼭 그렇지만은 않다.

문자에 답을 주지 않는 연인을 두고 불안을 처리하지 못해 연인에게 문자질로 하룻밤을 꼬박 새워본 사람이라면 알 것이다.

다음 날 문자에 답을 못 준 연인의 사연을 듣고 집착에 가까운 자신의 행동을 생각해 보면 어제의 불안이 얼마나 어처구니 없는 행동을 하게 했는지를.

여행 간 남편이 연락이 없다는 이유로 불길한 상상의 나래를 펴다가 하룻밤을 꼬박 새우고 초췌한 모습으로 거울을 들여다보는데 비참함이 올라와 급기야 눈물을 흘리고야 마는 불안함도 있다.

시험을 앞두고 모든 간판이 자신을 향해 쏟아질 것 같은 공포를 느끼기도 하고, 결혼을 앞둔 신붓감이 입이 돌아가는 구안와사라는 병을 얻기도 한다.

어디 그뿐이랴.

유기 불안, 거절 불안, 분리 불안, 관계 불안, 발표 불안 등등 다양한 불안의 형태들이 우리를 벼랑으로 몰아간다.

동화작가 조수경이 그리고 쓴 《마음샘》 그림책은 다음과 같이 시작한다.

늦대가 샘에 얼굴을 대자, 샘물에 마음이 비쳤어요.

'아무에게도 들키면 안 돼!'

물을 마시러 샘물로 간 늑대가 물을 마시려 하자 샘물에 토끼가 비치고 놀란 늑대가 뒤를 돌아봤지만, 숲에는 늑대 자신뿐이었다.

늑대가 으르렁대도 토끼는 꼼짝하지 않고 늑대를 가만히 지켜본다.

그제야 늑대는 토끼가 샘에 비친 자신의 모습이라는 것을 알았다.

늑대는 약한 자신의 모습을 아무에게도 들키면 안 된다고 생각했고 다른 친구들이 자신을 볼 수 없도록 몸을 숨기는 방법을 택한다. 그리고는 모두가 잠든 밤에 아무도 몰래 토끼를 쫓아내려 별의별 방법을 다 하지만 결코 토끼는 사라지지 않았다.

여기까지 읽고 보면 아니라고 그렇게 부정하고 싶어도 너무나 적나라하게 '나'를 보게 되고, 결국에는 그런 '나'를 인정할 수밖에 없게 되지 않는가?

그곳에서 벼랑 끝으로 내모는 '나'가 늑대의 모습으로 무던히도 헛짓을 하고 있으니 말이다.

그러면 불안으로 인해 우리는 결국 벼랑 끝에서 밑도 끝도 없는 나락으로 떨어져야 하는가?

그렇지 않다.

특수한 사례로 들었던 좋은행복 님도 닉네임처럼 좋은행복을 경험하지 않았던가.

불안은 얼마든지 극복할 수 있는 정서다.

늑대는 토끼와 한껏 실랑이하다 지치고 말았어.

늑대가 가만히 있자 토끼도 가만히 있었지.

드디어 토끼를 가까이에서 볼 수 있었어.

그런데 토끼가 꽤 영리해 보이는 거야.

예상과는 다른 내 마음의 모습에 당황하고 도망치고 격렬히 싸울 수도 있다. 하지만 그 과정 끝에는 보여주기 싫은 나의 진정한 모습이

똑바로 보인다.

그런 내가 싫지 않을 때, 그리고 '나'에 대한 인식이 올바로 섰을 때 비로소 자기다울 수 있다.

그러니 이렇게 불안을 아는 것부터 시작하면 좋겠다.

그러다 보면 어느 곳에든 녹아 있는 불안을 들여다볼 수 있을 것이다. 또 그런 단계쯤에 내가 읽고 있는 그림책의 어느 한 페이지에서 불안에 떨고 있었던 나의 모습을 만날 수 있을 것이다.

그때는 이렇게 인사해보자.

"어이, 잘 있었어. 이제는 너를 만나는 게 두렵지 않아. 왜냐하면, 난 너를 너무 잘 알고 있거든." ✿★

내 안의
나는
몇 살일까?

—　　　　　　　　　나는 지금 몇 살인가? 그렇다면
내 안의 또 다른 '나'는 몇 살인가?

흔히, 이렇게 내면에 존재하는 또 다른 나를 우리는 '내면아이'라고
부른다.

어렸을 적 부모로부터 소중한 존재로서 가치가 있다고 인정받고
사랑과 지지를 받아보지 못하면 심리적 구멍이 생긴다. 그럴 때 우
리의 내면은 아무리 채워도 채워지지 않는 밑 빠진 독과 같은 상태
가 된다.

내면아이는 어렸을 적 심리적 구멍으로 상처 입은 내면이 치유되지
않고, 성인이 되었어도 내면은 그때의 상태 그대로 있는 것을 심리학
적으로 표현한 용어다.

남편의 폭력과 의심이 심해서 이혼에 관해 심각하게 고민하던 내담
자를 만났다. 그녀는 아이들 때문에 이혼할 수 없는 상황에서 남편과
의 문제를 해결하고 싶어서 나를 찾아왔다고 했다.

그녀는 의처증이 심한 남편과 다투고 나면 정말 어이없고 초라해지
는 자신을 발견하는 것이 못 견디게 힘들다고 했다.

그런데 무엇보다 더 힘든 것은 남편의 초라한 모습을 마주할 때라고 한다.

어찌 보면 폭력을 행사하는 남편 때문에 아내인 자신이 더 힘든 상황임에도 그녀는 남편이 그 이후에 보이는 모습에서 측은하고 안타까운 마음을 느끼고 있었다.

알고 보니 남편이 아내인 자신을 폭행하고는 다른 방으로 들어가 마구 스스로를 학대하며, 심지어는 울면서 스스로에게 화를 낸다는 것이다.

이 상담은 내담자만으로는 해결이 되지 않는 문제였다.

남편 되는 분을 동행해서 상담해야 한다고 적극적으로 요청했다.

그렇게 정말 어렵게 남편을 만난 날.

내담자 남편에게 아들러의 초기기억 그리기 작업을 진행했다.

이러한 작업을 한 결과 내담자 남편의 내면아이가 여섯 살 아이에 멈춰있음을 알게 되었다.

아버지의 폭력을 못 견디고 어린 자식을 두고 가출을 한 어머니.

그 어머니를 미워하는 할머니의 욕설 속에서 자란 남편은 어머니에 대한 원망과 때론 그리움으로 마음의 갈피를 잡지 못한 어린 시절을 지금까지 고스란히 마음 한편에 두고 살고 있었던 것이다.

성장하면 찾아가리라 마음먹었지만, 열 살 되던 해에 들려온 소식은 어머니의 자살.

그 후 자기를 키워주고 있는 할머니가 고맙기도 하지만, 그리워하는 엄마를 모질게 욕하는 할머니를 원망하는 이중적인 감정을 지닌 채 성장해야 했다.

그러면서 남편은 여자란 존재는 언제든 자기를 떠날 수도 있다는 생각을 갖게 된 것이다.

몇 년 전에 출간한 내 책에서 이런 말을 한 적이 있다.
바로 지금 하고 싶은 말이기도 하다.

심리학 공부를 하면서 이론을 배울 때마다 내 안의 괴물이 어떤 성격을 소유하고 있으며 어떤 말에 화를 내고 어떤 감정에 유독 반응을 하는지 알게 되었다. 내가 겪게 되는 심리적 불편함을 이론에 비추어 머리로 이해하면서 어느 정도는 묻어둘 수 있었고 정리도 할 수 있어서 편안함을 느꼈다.

그러나 머리로 이해되는 그 감정이 가슴으로 절절하게 와닿지 않았다. 내 서러움, 밑도 끝도 모르게 올라오는 그 서러움으로 누군가의 말 한마디, 행동 하나에도 눈물을 흘리는 나를 그런 일시적 편안함으로 감출 수는 없었다. (……)

내 허기진 배고픔의 근원이 엄마를 향한 사랑 고픔임을 알았다. 내가 당연히 받아야 했을 사랑을 배려를 맏이라는 책임으로 눌러놓고 어른인 양 마땅히 해야 한다는 당위에 눌려 할 말을 못 하고 울지도 못했던 억울함이 녹아 있었다.

그 억울함이 나를 굶주리게 했고, 그런 사랑 고픔은 늘 젖을 달라고 울다가 지친 아기의 서러움과 맞닿아 있음을 알았다.

이렇게 무의식 속으로 정확히 파고 들어가야 한다.

그때 비로소 무의식에서 올라오는 감정의 요동에 그냥 당하기만 하지 않고 스스로 무의식을 다스릴 수 있게 된다.

우리가 건드릴 수 없는 게 무의식이지만, 불편한 감정의 원인을 옛 기억에서 찾아내고 그것을 차츰 조절해가는 일은 가능하다.

그렇게 함으로써 자기감정을 주체적으로 다스리게 된다.

그리고 맥없이 받아내기만 하느라 힘들었던 무의식의 상처로부터 훨씬 자유로워질 수 있다.

무의식과 대면하는 것!

그것은 그렇게 어려운 일이 아니다.

자기 자신을 조용히 들여다보면 된다.

우선 자기가 어떤 상황에서 마음이 불편해지고 유난스레 반응을 보였는지 곰곰이 생각해 본다.

다음엔 하나하나 기억의 갈피를 거슬러 오르며 그 감정과 맞닿아 있는 기억을 찾는다.

이 자체만으로도 얼마나 가치 있는 시간이고 소중한 영혼의 탐험인가.

스스로 타인의 시선이 되어 자기 내면을 찬찬히 살펴보면 보인다.

내 안의 또 다른 아이가.

그리고 그 아이의 말에 귀를 기울이면 아이가 무엇을 말하는지 들린다.

이밖에 마음이 끌리는 책을 찾아 읽는 방법도 있고, 요즘 곳곳에서 다양하게 개설되는 집단상담이나 명상프로그램에 참여해 보는 것도 좋다.

옛사랑을 찾아가는 여행처럼 내 삶의 자취를 돌아보는 거다.

그거 알아? 어른들 안에는 아이가 산대!

어른들이 춤출 때, 갖고 싶은 게 생겼을 때, 누군가를 사랑한
다고 말할 때 …… 어른들을 살펴봐. 얼마나 유치하고 웃긴
지, 꼭 애들 같거든.

어른들은 이런 모습을 숨기려고 해.

하지만 생각해봐.

안에 분명히 살고 있는 아이를 어떻게 꼭꼭 숨길 수만 있겠어?

이 아이들은 시간이 흘러 나이가 들수록 더 자주 튀어나온다
고!

호주의 그림작가 헨리 블랙 쇼가 쓰고 그린《어른들 안에는 아이가
산대》그림책에 나오는 내용이다.

짧은 문장에 너무도 잘 녹여낸 내면아이의 모습과 속성을 보고 있
으면 우습기도 하고 뜨끔하기도 하다.

어린 시절에 겪는 감정들이 내면아이로 남아 심리 상태를 결정하
고, 나아가 성격을 만든다는 것이 그림에 고스란히 담겨있다.

특히 '못된 어른들 안에는 못된 어른이 있지'라는 대목에 이르면 이 내면아이가 형성되는 어린 시절이 얼마나 중요한지 알 수 있다.

강의에서나 상담 현장에서 나는 '늘 자신을 마주하는 용기를 내라'고 했는데 …… 사실 그것이 말처럼 쉬운가?

그러나 내가 하는 독서 치유.

그림책 치유는 이러한 저항감을 적절히 에두르게 하는 힘이 있다.

책을 보다 보면 어린 시절에 받은 상처와 그 상처를 꽁꽁 숨기고 있는 어린아이를 마치 남을 보듯이 재미있게 보게 된다.

그러다 문득 내 안에 내면아이와 마주하게 되는 순간이 오면 도망치지 말고 슬픔을 무서움을 어쩌면 기쁨을 매일같이 참아 왔던 자신의 진짜 감정을 그저 가만히 들여다보면 된다.

물론 이렇게 하여 불편한 감정의 원인을 알게 된다 해도 그것만으로 감정이 쉽게 다스려지지는 않는다.

어린 시절의 지독한 외로움, 엄마에게 받은 모멸감, 저녁노을이 주는 처량한 조바심, 이런 것들이 단지 머리로 이해한다고, 심리상담 몇 번 받는다고 내 삶에서 바로 사라지지는 않는다.

하지만 내가 이래서 이런 반응을 하는구나, 하고 스스로 알게 되면 일단 마음이 편해진다.

그리고 늘 그것을 의식하고 있으면 차츰 감정도 조절할 수 있게 된다. 적어도 뒤통수 맞듯 갑자기 감정의 파고에 휩쓸리며 당황하거나 무기력한 상태에 빠지지는 않게 된다.

무의식아, 무의식아.

우리 집 예쁜 강아지 이름처럼 부르는 거다.

아니면 그 오랜 상처에 이름을 하나 붙여주는 것도 좋다.

친구처럼 이름을 불러가며 대화를 나누고 달래주고 너를 지켜주지 못해 미안하다고 진심으로 용서도 빌어보고, 이제부터는 함께 이겨내자고 손가락 걸어 약속도 한다.

그러다 보면 차츰 반사적으로 예민해진다거나 통제할 수 없는 감정에 휩싸이는 경우가 줄어들 것이다.

그리고 어느 날 문득, 전보다 훨씬 의연하게 서 있는 자신을 대견하게 바라보게 될 것이다.

정신분석적 표현으로 '무의식의 횡포'라는 말들을 참 많이 쓰는데 사실 이건 적절한 표현은 아니다.

횡포라니, 무의식은 나의 적이 아니라 바로 나 자신이다.

어떤 불편하고 두려운 감정도 그게 바로 나 자신이었고 현재의 나다.

다만 그런 감정을 앞으로도 계속 끌고 가지는 말아야 한다.

무의식 안에서 울고 있는 무서워하는 외로워하는 미칠 듯 분노하고 있는 내면아이를 사랑하고 다독거리고 안아주는 것이야말로 지금 내가 나를 위해 할 일이다.

내 안의 또 다른 나, 지금의 나에게 그 '나'는 좀 낯설어 보이겠지만 그 '나'를 무시하고 피하기만 하면 온전한 나는 결코 만날 수 없다.

나를 만나기 위해 또 다른 나를 사랑하자.

나를 사랑하기 위해 또 다른 나를 만나자. 🐕

열셋

건강한 발달은
남의
이야기일까?

— 따뜻한 5월임에도 찾아올 때부터 털모자를 눌러쓰고 들어 온 여자는 남편을 무서워하면서 미워했다.

결혼 후 수시로 남편에게 손찌검을 당했다고 한다.

부부 사이에 대화가 거의 없고 집안의 크고 작은 모든 일을 남편이 일방적으로 결정한다고 했다.

남편의 폭력과 지나치게 가부장적인 태도로 인해 결혼생활 내내 고통을 받아온 모습이었다.

이혼을 생각해 보았느냐고 물었다.

이혼은 절대 안 한다고 한다.

이혼한 가정에서 자라 그 설움과 외로움을 너무 잘 알기에 아이들에게만은 부모가 이혼하는 모습을 보여주고 싶지 않단다.

여자는 남편을 미워하는 것 이상으로 아이들이 받았을 상처를 걱정하고 있었다.

내담자가 이렇게 나오면 이혼을 안 하되 행복해지는 길을 찾아야 하는 쪽으로 상담의 구조를 세운다.

"많이 힘드셨겠어요? 그런데 묻고 싶은 게 한 가지 있어요. 소라 님은 남편에 대한 미움과 분노의 감정보다 아이들이 이혼으로 겪을 감정이 더 중요한가 봐요?"

"아니요. 사실은 저도 이해되지 않는 남편의 행동 하나가 있는데요. 혹 그것에서 뭔가를 찾아 고치면 그 사람이 달라지지 않을까 해서요."

"그럴 수도 있지요. 제가 했던 상담에도 그런 사례가 꽤 많아요."

"실은 남편의 폭력은 죽기보다 싫어요. 그런데 이상하게도 폭력을 휘두른 날 밤이 되면 제 손을 꼭 잡고 자요."

"좀 더 명확히 물을게요. 손을 잡는다는 것이 섹스를 완곡하게 표현한 건가요. 아님, 표현 그대로 손을 잡는다는 건가요?"

"그냥 손을 잡고 자는 거요. 빼지도 못하게 꼭 잡아요. 그리곤 자다가 칭얼거려요. 엄마, 엄마 하고요. 그 모습이 꼭 애 같아요."

내담자에게 남편이 어떤 사람인지 들어야 했다.

결혼 전에 좋게 보았던 남편의 모습에는 어떤 것이 있는지, 아버지로서의 남편은 어떤지 등에 대해서도 알아야 했다.

그렇게 이야기를 나누다 보니 남편의 어린 시절에 심리적으로 큰 상처 하나가 있다는 것을 알게 되었다. 남편의 폭력이나 가부장적인 태도가 전적으로 그 상처 때문에 생겨났다고 단정할 순 없지만 큰 영향은 주었다고 본다.

남편이 다섯 살 때!

남편의 부모님은 남편을 할머니 댁에 맡겨놓고 야반도주를 해야 하는 상황이었다.

매우 어렸지만 남편은 부모님이 자신을 떼어 놓고 가려 한다는 사실을 알았다고 한다.

남편이 어설프게 잠이 들었을 즈음 부모님이 집을 나서려 했고 마침 남편이 눈을 떴는데 엄마와 눈이 마주친 것이다.

그러자 엄마는 어린 자식에게 "눈 못 감아?!" 하고는 윽박질렀다고 한다. 아이는 얼른 두 눈을 감았고 그렇게 두 눈을 감은 채로 지척에서 부모님께 버림을 받은 것이다.

설령 그 상처가 원인이라 해도 남편의 폭력적 행동이 정당화될 순 없다.

그러나 아무튼 그 부분은 남편의 아픈 부위이고 남편 나름대로 심리적 해소나 치료가 필요한 부분이다.

나는 내담자인 여자에게 말했다.

남편의 옛날 상처가 지금의 행동방식에 영향을 주었을 수 있다고. 그 점을 생각하고 바라보면 남편의 행동이 조금은 이해되지 않는지, 남편이 아니라 상처받은 아이의 비뚤어진 행동이라 생각하면 안타깝거나 가엽다는 마음은 안 드는지 등등의 말을 해주었다.

겉으로 나타나는 점만 보지 말고 남편의 심리 배경을 이해해보라는 이야기다. 남편에게 고통을 받는 피해자 입장이 아니라 치유 도우미의 마음가짐으로 남편을 한번 바라보라는 이야기다.

그런 시선을 갖게 되면 남편이 비록 그것 때문에 바뀌지는 않는다고 해도 당신이 우선 조금이나마 편해질 것이라고, 주눅 들어 있던 마음도 의연해지고 처녀 시절의 밝은 성격도 아마 회복할 수 있을 거라고.

상담하는 기간 내내 여자는 일단 이해했다.

그럴 수도 있겠다고 내 말을 수긍했다.

그러나 종결을 얼마 안 두고 여자가 항의하듯 말한다.

"왜 나만 시선을 바꿔야 해요? 왜 나만 남편을 이해해야 해요? 이 상담을 통해서 내가 바뀐다 해도 남편은 그대로잖아요. 맞으면서도 나 혼자만 때리는 남편을 이해해야 한다면 더 불공평한 거 아니에요? 왜 나만 돈 들이고 시간 들이면서 상담을 받고 변해야 해요? 선생님 같으면 뭔가 억울하지 않겠어요?"

인생의 큰 상처는 대부분 인간관계에서 생긴다.

그것도 부모나 자식, 절친한 친구나 선후배, 아내나 남편 등 가장 가까운 사람과의 관계에서 발생한다.

하지만 나를 찾아오는 사람은 대개 한 사람이다.

나는 상처가 만들어진 관계의 한쪽 대상만 만난다.

부부 클리닉처럼 분쟁의 당사자들을 모두 앉혀 놓고 양쪽의 이야기를 다 들어가며 중재와 권고하는 처지가 아니다.

나는 내 앞에 있는 사람을 중심으로 상담한다.

내담자의 과거와 현재, 미래를 생각하며 어떻게 하면 지금의 고통에서 벗어날 수 있을지 심리적인 처방을 준비한다.

더욱이 내담자의 경우처럼 남편을 극도로 미워하면서도 이혼만은 절대 안 된다고 하면 부부가 앞으로도 계속 함께 사는 것을 전제로 여자가 어떻게 해야 할지를 연구하게 된다.

여자가 시선을 바꿔 남편을 이해해볼 수 있는 길을 찾고, 남편의 행동에 대해 지금까지와는 달리 따뜻한 마음으로 대응해 보라는 주문도 한다.

문제는 남편에게 있지만, 그 남편의 왜곡된 심리와 행동 기제들을 바꾸는 것은 포기하라고 말한다.

그러면 종종 억울해하는 항의가 들어온다.

'왜 나만 변해야 해요?'

'왜 나만 달라지려고 노력해야 해요?'

'잘못은 그 사람이 하고 있는데 왜 변하려고 애쓰는 건 내 몫이어야 하죠?

그럴 때 나는 아주 강하게 나간다.

당신이 스스로 나를 찾아왔다. 고통에서 벗어나고 싶어 어떤 실오라기 같은 방법이나마 찾을 수 있지 않을까 싶어 여기에 왔다.

그리고 당신이 그러지 않았느냐. 남편의 어느 부분이 마음에 걸리는데 그것을 잘 잡아주면 달라질 수 있지 않겠냐고.

그렇다면 우리 둘이 지금 여기에서 무엇을 해야 하느냐. 하소연 들어주며 "맞아요, 얼마나 힘들었겠어요." 맞장구만 쳐 주면 되는 거냐.

당신도 나도 당장 남편을 어떻게 할 수는 없다.

나는 현재 상황을 그대로 인정하고 그 안에서 당신이 못 보거나 미처 생각지 못했던 것들을 발견하고 보여주는 거다.

무조건 당신이 이해하고 참으라는 게 아니다.

당신이 편해지고 고통에서 벗어날 방법으로 이 길을 제시하는 거다. 아, 이 사람의 상처가 아물지 않아 이렇게 거칠고 자기중심적인 행동을 하는구나, 하는 시선으로 바라보자는 거다.

그렇게 내 안의 분노를 밀어내고 연민의 마음으로 바라보면 일단 남편에 대한 무서움이 줄어들 거다.

남편의 성난 목소리나 표정도 좀 다르게 들어올 거다.

당신의 마음도 그만큼 편해진다.

아무것도 할 수 없던 수동적인 피해자 위치에서 내 나름대로 판단과 할 일들이 생기는, 이 가정을 지키는 건 나의 몫이라는 수호자 마음이 될 거다.

당신 혼자 변하라는 이야기가 아니라 남편과 상관없이 혼자서도 할 수 있는 유일한 길이 그것이기 때문에 말하는 거다.

그러면서 묻는다.

"원수 같은 남편이지만 살다 보면 어느 날 문득 저 사람도 참 안 됐다, 저 사람도 이렇게 사는 게 좋아서 그러는 것만은 아니겠지, 그런 생각 들 때 없어요?"

"그럴 때가 있긴 하지요."

"그러면 그때는 남편이 바뀌어서 측은한 거예요? 그 남편이 갑자기 개과천선해서 변했나요? 아니잖아요. 남편은 그대로잖아요. 당신 마음이 바뀐 거지요. 당신이 바뀌어서 측은하게 보이는 거지요. 남편을 바라보는 당신 마음에 따라 어느 때는 무서운 남편이다가 어느 때는 측은한 남편이 되는 것 아닌가요?"

상대가 바뀌어야만 문제가 해결되는 게 아니다.
무엇보다, 상대가 바뀌는 건 내가 할 수 있는 일이 아니다. 그건 상대에게 의존하는 일이다.
문제 해결의 열쇠를 상대에게 맡긴 채 막연히 기다리기만 하는 것이다.
내가 바뀐다는 건, 상대는 놀고 있는데 나만 일하는 그런 게 아니다.
해결의 열쇠를 내가 쥐고, 내가 주도한다는 의미다.
그런데 사람들은 고통에서 벗어날 수만 있다면 어떤 일이라도 하겠다면서 정작 해결의 열쇠를 쥐여주면 왜 나만 변해야 하느냐고 항의한다.
행복으로 들어가는 문 앞에서도 손익과 공평을 따지고, 누가 더 힘든지 따지자고 대결의 자세를 취한다. 상대는 가만있는데 나만 변화하는 건 억울한 일이라고 생각한다.

그럴 때는 자기 마음을 돌아보아야 한다.
내가 지금 원하는 게 이기는 것인지 편안해지는 것인지.
편안해지는 거라면 간단하다.

내가 먼저 시작하면 된다.

내가 변하면 된다.

그리고 내가 변하면 결국엔 상대도 변한다.

상대가 측은하게 느껴져 살갑게 말을 건네는 순간 상대는 '어, 이 사람이 좀 이상하네', '뭔가 바뀌었네', 의아해한다.

나의 눈빛이 전과 다른 것을 느낀다. 내일도 모레도 그러면 상대가 불안해질지 모른다.

'이 사람이 무엇 하나를 내려놓았구나', '나에게 체념한 건가?', '좋은 사람이라도 생긴 건가?'

그러나 시간이 흐르면서 나에게 어떤 의도가 없다는 것을, 그저 무언가 달라졌을 뿐이라는 것을 알게 된다.

어쨌거나 상대는 그 변화가 싫지도 않고 오히려 자기도 마음이 편하다.

그리하여 서서히 상대의 행동도 바뀐다.

손뼉도 마주쳐야 소리가 난다.

내가 전과 달라지면 상대도 달라지게 되어있다.

내가 바뀐다는 건 시작을 내가 먼저 한다는 거지 나 혼자 문제를 감당한다는 게 아니다.

미국의 심리학 교수 재니스 A. 스프링이 쓴 《어떻게 당신을 용서할 수 있을까?》를 읽어 보길 권했다.

그리고 책에서 제시하는 수용의 10단계를 찬찬히 들여다보라고 했다. 그리고 심호흡을 하며 맘에 찬찬히 받아 새기는 작업을 하기를 권했다

다음은 재니스 A. 스프링이 제시하는 수용훈련 10단계다.

1. 자신의 감정을 솔직히 인정하자

2. 복수하려는 마음을 버리자

3. 상처받은 사실에 매달리지 말자

4. 더는 학대받지 않도록 자신을 방어하자

5. 가해자를 가해자의 입장에서 보자

6. 상처받은 일에 자신의 잘못은 없는지 정직하게 살펴보자

7. 일어난 일에 대해 거짓 상상을 하지 말자

8. 가해자를 그의 잘못과 분리해 좋은 점과 나쁜 점을 비교 검
   토하자

9. 가해자와 어떤 관계를 원하는지 조심스럽게 결정하자

10. 실패한 자신을 용서하자

어떤가?

마음에 숨을 깊이 들이 쉬고 정신을 '용서'라는 단어에 집중하며 안에 있는 것을 토해내듯 내쉬어보자.

무언지 모를 힘이 생김을 느낄 것이다.

김희연 작가가 쓰고 그린 《내 친구 무무》 그림책에는 주인공 다빈이가 타인을 이해하고 함께 소통하기 위해 얼마나 고민하는지 잘 나와 있다.

주인공 다빈이는 친하게 지내는 친구 솔이를 보러 가고 싶은데 새로 이사 온 집의 큰 개 무무 때문에 번번이 실패한다. 다빈이는 자신이 뭘 잘못한 것도 아닌데 자신을 보고 큰 소리로 짖어대고 심지어 화를 내는 듯도 하니 너무 억울하고 또 무무가 밉기도 했다.

그런 미운 상대를 힘으로 눌러 보고 싶어서 엄마 분장을 하고 가 보기도 하고 윽박지르고 싶어 괴물 분장도 해보고 달콤한 케이크로 회유도 해보려 했지만, 이 모든 방법이 수포가 된다.

내게 와서 정말 안 해본 것 없다고 하소연하는 수많은 내담자의 수고가 겹쳐 보이는 대목이다.

이쯤 되면 포기할 만도 한데 다빈이는 포기하지 않는다.

바로 무무 마음의 상처를 듣게 되고 그 상처의 근간에 이별의 아픔과 친구와의 관계가 있음을 알게 된 것이다.

그동안 바라본 무무는 너무나 무섭고 못된 개이지만 그 이야기를 접하고 보니 너무나 가여운 마음이 드는 것이다.

'그날 밤 나는 무무에 대해 생각하고 또 생각했어.'

밤새도록 다빈이는 이 문제를 해결하기 위해, 그리고 상처받고 아파하고 있을 무무에게 마음의 정성과 시간을 들였음을 알려준다.

무무가 바뀐 것이 아니다.

무무를 바라보는 다빈이의 마음이 바뀌었던 것이다.

'만남에 대한 책임은 하늘에 있고 모든 관계에 대한 책임은 사람에게 있다'라는 말처럼 좋은 관계를 위해서는 서로 적절한 대가를 지급하는 것이 맞다.

그런데 상대가 대가를 지급할 만큼의 여유가 없을 때는 우선 조금 더 맘의 여유가 있는 내가 먼저 그렇게 해보는 것이다.

우리는 언제라도 새로운 길을 시작할 수 있다.

어떤 관계도 새로 시작할 수 있고, 나의 밖에서 날아오는 어떤 고통도 내 마음의 필터로 그 빛깔을 바꿀 수 있다.

지금 나에게 당면한 문제가 있다면 그 문제를 바라보는 나의 마음부터 바꾸는 거다.

어떤 문제도 나에게서 시작되고, 해결도 나에게서 나온다.

지금의 상황이 싫다면 내가 변하면 된다. ♪

열넷

지금
여기가
중요해

—　　　　　　　　　부부간의 갈등을 상담해줄 때가
가장 안타깝다. 참 많은 세월을 함께 했다고 하는 그들임에도 그들은
서로를 몰라도 너무 모르고 있기 때문이다.

삼성경제연구소(SERI)에서 진행하는 '힐링책방' 덕에 많은 CEO 분
을 상담하게 되었다. 그중에 가장 기억에 남은 사례가 50대 중반의
부부로 남편은 대기업 간부였다.
세상 기준으로 보면 남들이 부러워할 만큼의 조건, 환경을 갖춘 그
가 내놓은 첫마디는 '이혼 위기'였다.
그 부부의 안타까운 사연은 이랬다.

아내의 말에 의하면 남편은 여러 면에서 인자하고 이해하는 맘이
깊어 불만이 없다고 했다.
그런데 이해 못 할 것이, 가끔 예측할 수 없는 상황에서 전혀 다른
사람처럼 화를 내는데 그 정도가 심하다고 했다.
그래서 나중에는 왜 이 사람이 이리 화를 내지? 하고 보니 현관에
들어올 때나 남편이 집에 있을 때 어둑해지는 저녁에 미처 불을 켜
놓지 않으면 버럭 화를 낸다는 것이다.

"패턴을 아신 거네요. 그럼 남편이 화를 내지 않게 불을 켜 놓으면 되지 않았을까요?"

"그게 쉽지가 않죠. 의식한다고 해도 매번 맞출 수는 없으니 놓칠 때가 있잖아요. 그럴 때마다 어김없이 난리가 나는 거예요. 아이들도 이유 없이 주눅 들고."

"이제껏 잘 참으셨는데 …… 더는 못 참으실 것 같은가 봐요."

"이유 없이 그러는 태도에 이젠 지쳤어요. 갑자기 벼락 치듯이 쏟아지는 감정들이 너무 무서워요. 나이 먹으면 좀 잦아들 거로 생각했는데 …… 전혀 그렇지 않아요."

"남편분은 아내의 호소 어린 말씀에 혹시 하실 말씀이 없으신가요?"

남편은 잠시 머뭇거리다가 입을 열었다.

자기가 세 살 때 아버지가 돌아가셨노라고.

그 이후 자기를 데리고 시장에서 좌판 장사를 하던 엄마가 자기를 잠시 잃었다가 찾은 이후로 장사를 나가면서 방에 음식과 물과 요강을 놓고 밖에서 문을 잠그고 나갔었노라고.

매일 밤늦게야 엄마가 들어왔는데, 그때마다 혼자 그 방에서 엄마를 기다리는 게 너무 무서웠노라고.

그래서 어른이 된 후로는 결혼 전부터도 늘 어둡기 전에 불을 켰다고 한다.

주위가 어둑해지려고만 하면 반사적으로 가슴이 뛰기 시작하고 불안감이 밀려온다고 했다.

그래서 훤할 때부터 미리 불을 켜 놓는다는 것이다.

옛날 생각에 서글픔이 밀려왔는지 남편은 이 이야기를 하면서 눈물을 글썽였다.

"혹시 이 이야기 남편에게 들은 적 있어요?"

"전혀요."

아내는 처음 듣는 이야기라고 했다.

그러면서 남편에게 항의하듯 말했다.

왜 그런 이야기를 한 번도 말 안 했느냐고, 알았으면 내가 그까짓 불 켜는 일을 못 했을 것 같냐고.

"당신 왜 이렇게 나를 나쁜 여자 만드는데 ……"라고 하면서 미안해하고 어처구니없어 하면서 남편을 따라 울었다.

'진작 말을 좀 하지.'

이 글을 읽는 누구라도 안타까운 마음에 이런 생각을 했을 것이다.

부부 아니라 누구라도 그런 이야기를 듣고 나면 상대를 마음으로 이해하게 된다.

이해뿐이랴, 자기 일처럼 가슴이 아파 먼저 불을 켜 주게 될 것이다. 그러니 아내에게 진작 이런 사연을 말하지 않은 남편이 답답해 보였을 것이다. 말만 했으면 30년이 넘는 결혼생활 중 적어도 불 켜는 문제로 다투는 일만은 없었을 텐데 하면서.

하지만 당사자로서는 사실 이런 이야기하기가 쉽지 않았을 것이다.

어둡고 슬픈 이야기라서가 아니다.

오히려 힘들게 고생한 이야기일수록 더 말하고 싶은 게 사람의 마음이다. 이해받고 싶고, 잘 이겨냈다는 격려의 말도 듣고 싶지 않겠는가.

남편은 아내로부터 다 큰 어른이 고작 어린아이 때 경험을 못 벗어나 집에 불을 켜야만 안심하느냐는 말을 들을까 봐 염려했을 수 있다. 아니, 남편 자신부터 자기가 어른답지 못하다는 자괴감을 가졌을지도 모른다.

그래서 남편은 속으로만 혼자 이런 서운함을 가졌을 수 있다.

부부 사이에 일일이 말을 해야만 이해하느냐고, 내가 그 정도 집착을 보이면 그냥 인정하면서 모른 척하고 해줄 수는 없었느냐고. 아내

에 대한 그런 기대 욕망이 채워지지 않자 자격지심과 반발심이 섞이며
'불 켜는 일'에 대한 배경 사연을 평생 혼자 가져가겠다고 입을 닫았는
지도 모른다.

스물세 살의 남자 대학생이 나를 찾아왔다.

그의 고민은 술만 마셨다 하면 심한 주사를 부려 친구들이 학을
뗀다는 것이었다. 그와 한두 번 술을 마시고 나면 다시는 같이 술을
마시지 않으려 한단다.

세상살이에 지친 50대 가장도 아니고 갓 스무 살을 넘긴 젊은이가
주사 때문에 친구들의 기피 대상이 된다는 게 안타까웠다.

술을 잘못 배운 걸까?

그의 과거 사연을 들어보니 이해가 되었다.

그는 아버지가 약국을 하고 있어 자라면서 특별한 고생은 하지 않
았다. 어머니도 보통의 교양을 갖춘 평범한 주부였다.

이 집안의 문제는 독특했다.

그가 어릴 때부터 아버지가 일 년에 두 번 정도 잠적을 하는 것이

다. 어느 날 갑자기 사라져서는 한 보름 정도 완전히 소식을 끊었다가 돌아오곤 한다는 것이다.

당연히 그동안 집안 분위기는 엉망이 된다.

간단한 약을 팔며 약국 문은 겨우 열어 놓지만, 영업이 제대로 될 리 없다. 어머니는 잠도 식사도 거의 하지 못한 채 종일 넋 나간 모습으로 앉아 있고, 그와 동생은 어머니 눈치만 살피며 기죽어 지낸다. 아버지가 죽었다고 해도 그렇지는 않을 정도로 집안 전체가 숨 막히게 가라앉는다.

그런데 돌아온 아버지는 어디에서 무얼 하다 왔는지 아무 말도 하지 않았다. 어머니조차 이유를 모른다 했다.

아버지의 그런 무책임한 잠적이 매년 한두 번씩 계속되었다는 것이다.

그는 어릴 때부터 어머니가 혼자 우는 모습을 너무 많이 봐 왔다.

처절하게 버림받아 외로워하는 여인의 모습이었다.

바람을 피우는 거라면 그것에 대해 화를 내든 하소연을 하든 할 텐데, 이유도 말하지 않고 습관적인 잠적을 하고 있으니 더 고통이다.

무책임 이전에 아내를 너무 무시하는 행동이 아닐 수 없다.

혹시 어머니는 그 이유를 알고 있었는지 모르지만, 자식인 그는 알지 못했다.

그와 동생도 아버지에게 버림받았다는 느낌에 외롭고 두려웠다고 한다. 아버지에게 우리는 소중한 존재가 아닌가 보다, 언제라도 안 볼 수 있는 있으나 마나 한 존재인가 보다, 하는 생각에 비참했다고 한다.

그는 단순한 유기 불안이 아니라 일 년에 한두 번씩 정기적으로(?) 아버지로부터 버림받는 경험을 겪어야 했고, 그 일은 어머니에 대한 연민과 함께 맏아들 노릇을 잘하지 못했다는 자괴감 등 복합적인 마음의 상처를 갖고 있었다.

아버지는 평소에는 가족에게 잘한다고 했다.

그러나 아무 말 없이 사라지는 그 일로 해서 평소에도 아버지가 낯설게 보인다고 했다.

365일 중 350일을 잘해준다고 해도 나머지 15일을 상쇄하지 못할 정도로 깊은 배신감을 느꼈다.

그의 술주정 특징은 술만 취하면 아무도 집에 가지 못하게 한다는 것이다.

"오늘 밤 우리 끝까지 함께 가는 거야, 아무도 집에 가면 안 돼."

그렇게 막무가내로 사람들에게 강요하며 일이 있는 사람까지 끈질기게 잡아 두려고 한다.

단지 그것뿐이지만, 그런 주사가 사람을 얼마나 피곤하게 하는지는 나도 안다.

그러니 그가 원하는 것과는 정반대로 친구들은 그가 취하기만 하면 서둘러 자리를 뜨고 마는 것이다.

"끝까지 남아 준 친구가 한 번도 없었어?"

"한 번도 없어요. 아침에 술에서 깰 때마다 버림받은 기분이었어요."

"그럼 지금 가장 원하는 게 뭐야? 친구들이 술자리에서 끝까지 함께하는 거?"

"이제 그건 둘째 문제고, 그런 주사 좀 안 하면 좋겠어요. 그렇게 하면 친구들이 피곤해한다는 거 나도 알아요. 기분 좋게 어울리자고 마시는 건데 매번 그런 진상을 떠니 누군들 좋아하겠어요. 근데도 술만 마시면 제어가 안 돼요. 먼저 자리를 뜨려고 하면 참을 수 없이 화가 나요."

"그랬군. 그럼 오늘은 내가 끝까지 있어 줄게."

"정말요? 에이, 교수님 술도 못 마시면서."

"못 마셔도 같이 있어 줄 수는 있어."

그와 밤새도록 술을 마셨다.

그는 엉망으로 취해 주사를 부리지는 않았다.

그러나 취한 뒤부터는 "정말 저랑 같이 계실 거예요?"를 여러 번 묻기만 했다.

그렇게 잠이든 그 녀석은 새벽녘에 깨어 나를 확인했다.

"왜 내가 갔을까 봐. 끝까지 함께 있겠다고 했잖아. 기분이 어때?"

그의 대답이 흥미로웠다.

"별것도 아니네요. 솔직히 말하면 좀 놀랐어요. 교수님이 친구가 아니어서 그런가, 밤새 함께 술 마시면 뭔가 꽉 차고 후련한 느낌이 있을 것 같았는데 그냥 그러네요."

"다른 게 뭐가 있겠니. 네 말처럼 밤새 모여 있다고 뭐가 달라져? 어떤 말을 나누고 어떤 분위기로 마시는지가 중요하지, 끝까지 가느냐 안 가느냐는 별 의미 없잖아."

"그러게요."

눈을 떴을 때도 내가 있다는 것에 그는 다행스러워했다.

고마워했다.

그러면서도 무언가 허탈한 듯했다.

처음으로 누구와 밤새 술 마시고 새벽을 맞게 되자 '이게 아닌데' 하는 생각이 들었던 모양이다.

그가 기대한 것과 달랐던 것이다.

여러분은 그가 무엇을 기대했다고 생각하는가?

심리학에서는 '지금 여기(here and now)'를 중요하게 여긴다.

타인은 바꿀 수 없고 과거의 나는 바꿀 수 없지만, 지금 여기의 나는 바꿀 수 있기 때문이다.

심리상담을 하는 것도 내담자가 '지금 여기'에서 아프기 때문이다.

과거에 너무 아팠지만 지금은 아무렇지 않다고 하면 그건 하나의 추억담으로 친구들에게 들려주면 되지 심리상담을 받을 일은 아니다.

사람들은 지금 여기에서 아파서 상담사를 찾고, 상담사는 '지금 여기'의 내담자를 치유하기 위하여 과거로 들어간다.

아픈 것은 '지금 여기'지만 상처가 만들어진 것은 대개 몇 년 혹은 몇십 년 전이기 때문이다.

그런데 과거의 어떤 일이 트라우마로 남아 고통을 겪는 이들 중에는 자기 상처의 원인이 된 과거 시절(사건)을 기억하는 사람도 있고 그렇지 않은 사람도 있다.

노희경 작가가 쓴 《괜찮아, 사랑이야》 드라마에는 성공한 작가지만 늘 밤마다 화장실에서 잠을 자는 작가 장재열이 나온다.

그는 '지금-여기'에서 만나는 강우가 자신이 그토록 외면했던 과거의 자신이었음을 알지 못한 채 살아간다.

장재열은 자신과 마찬가지로 어릴 적 트라우마를 안고 살아가는 정신과 의사 혜수와의 만남을 통해 조금씩 자신이 괜찮은 사람이라는 것을 알아가는 어느 순간, 피투성이 발로 서있는 강우가 자신이라는 사실을 알게 되고 강우의 발을 씻겨 새 운동화를 신겨주면서 자신의 과거와 화해하는 장면이 나온다.

이처럼 트라우마의 원인이 된 특정 과거를 본인이 모르고 있다가 나중에 그 과거를 기억하게 되면 비교적 쉽게 트라우마를 정리한다.

자신도 이해하지 못해 답답했던 자기 행동의 원인이 비밀이라도 밝혀지듯 '짠' 하고 드러남으로써 감정적인 해소가 한순간에 이루어지기 때문이다.

이렇게 되면 후련한 상태에서 적극적으로 자기감정을 조절할 수 있게 된다.

그런데 앞의 내담자 사례의 남편은 스스로 원인을 알면서도 그 영향에서 벗어나지 못했다.

대학생 내담자도 과거의 상처가 엉뚱하게 현재의 술주정까지 이어지고 있었다.

이런 경우가 사실 더 흔하다.

오래도록 과거와 싸우느라 마음이 지쳐 있고 그런 자신에 대한 자포자기적 무력감도 깊어 특별한 계기를 만들지 않는 한 트라우마에서 좀처럼 벗어나지 못한다.

이런 분들은 어떤 면에서 과거의 감정에 애착이 있다고도 표현할 수 있다.

슬프고 외롭고 힘겨웠던 감정에 애착을 갖는다?

그런 감정 자체에 애착을 갖는다는 게 아니라, 과거의 감정에 머물러 있으면서 그 과거 시점으로 현재를 다루려 한다는 뜻이다.

어둑해지면 무서워지던 과거, 이제는 무서워할 이유가 없는데도 과거의 그런 감정을 고스란히 껴안은 채 집안을 환히 밝힘으로써 '안심'이라는 '보상'을 현재에서 찾는 것이다.

스스로 자기 행동의 원인이 어디에서 오는지 알면서도 그것을 현재 시점에서 처리하지 못하고 과거의 감정을 달래주는 쪽으로만 행동한다.

현재에서 과거를 만나지 않고, 현재를 과거로 끌고 들어간다는 얘기다.

자신의 문제를 알았고 의식한다고 하면 그다음 단계로 넘어가는 것이 맞다.

그렇다면 현재에서 과거를 만난다는 건 어떤 것일까.

조미자 작가의 《불안》 그림책을 읽어 보기를 권했다.

이 책은 감정을 인지하기, 불안을 만나기, 불안과 함께하기, 나아가 이해하고 공감하기로 서사구조를 친절하게 순차적으로 구성해 놓았다.

어찌 보면 우리 모두 이 책의 초입 단계도 진입 못 하고 있지 않나 하는 생각을 해본다.

자신의 감정을 인지한다는 것이 얼마나 값진 일이고 행복으로 가기 위해 반드시 열어야 하는 문인지를 여실히 보여주고 있다.

확실히 작가의 역량이 돋보이는 대목은 바로 그다음 단계다.

감정을 인지하고 만나기로 한 주인공은 다음 단계에서 무언가 숨어 있을 거라 추측되는 구멍을 유심히 바라본다.

작가가 알고서 그 막연한 불안의 깊이를 '구멍'으로 설정했는지 몰라도 심리학에서는 우리 내면에 정서적 결핍으로 생긴 빈 부분을 '심리적 구멍'이라고 비유적으로 쓰곤 한다.

언제 생겼는지 모르지만 한 번 생긴 구멍은 점차 커지는 속성을 갖는다는 점도 심리학에서는 지적하고 있다.

각자 그 구멍 밑에 무엇이 도사리고 있는지 두렵고 떨려서 감히 들여다볼 생각조차 못 해 너무도 아프고, 휑한 구멍 사이에 부는 바람이 아려서 부단히도 메꾸려 애를 쓴다. 그러면서도 정작 필요한 것이 아닌, 엉뚱한 것으로 채워 넣는 오류를 범하는 데서 문제가 발생한다고 볼 수 있다.

주인공은 한없이 깊은 구멍을 바라보다가 실 하나를 발견한다.

그리고 실을 잡아당겨서, 그 속으로 빨려 들어가는 것이 아니라 묵었던 감정을 현실로 끌어온다.

앞서 들었던 내담자의 주인공들이 이 책의 주인공을 보고 주인공이 해결하고 있는 방법을 차용하는 지혜를 발휘했으면 한다.

물론 현실로 가져온다고 다 해결되는 것은 아니다.

책의 주인공도 막상 현재로 끌어온 무의식의 감정을 마주하기가 겁이 났다.

후회도 한다.

괜히 애먼 짓을 했다고 자책도 한다.

그러나 일단 현재로 가져와 마주한 무의식은 제멋대로가 아니고 폭력적이지도 않다.

무엇보다 내 시야 안에서 움직이기에 때문에 막연하지도 않다.

거기에 힘이 실린다.

그 막연한 공포가 구체적으로 되면서 현저히 크기가 줄어드는 것이다. 그러고 보니 이제는 만만해지기까지 하다.

조금 귀찮고 거추장스럽긴 해도 이전에 느끼던 감정에서 훨씬 수월해졌다는 것을 느끼게 된다.

그림책에서 그림이 주는 위로를 아주 잘 활용한 대목이다.

불안의 크기를 시각화해서 줄여가는 것은 심리학에서 말하는 홍수기법이나 소거법 등의 치료기법 그대로를 보여준다.

이 책의 반전은 바로 마지막 단계에 있다.

그렇게 외면하고 감추려 했던 그 감정이 비가 세차게 내리고 번개가 치는 어느 밤에 내 공포를 위로하고 있는 장면이다.

나를 꼭 안아주면서 "괜찮아" 하고 토닥이는 대목에 이르면 뭔지 모를 저 깊은 내면에서 올라오는 뜨거움이 목울대를 자극하고 코끝이 찡해진다.

이 책의 주인공에게 내담자들을 적용해 본 상담은 이랬다.

일단 불을 켜지 않는다.

현재에서는 어둡지도 않은데 그렇게 일찍 불을 켤 이유가 없으니까.

그런데 무의식은 과거 상황에 있으므로 그는 곧 불안해질 것이다.

견딜 수 없이 초조해지고, 아무것도 손에 잡히지 않는다.

어떻게 할까?

'용기를 갖고 그 시간을 버텨라.'

이런 말은 무책임하다.

견디는 방법 역시 현재에서 찾아야 한다.

과거에는 막막하게 부모님이 돌아오기만 기다렸지만, 현재에는 아내가 있고 자식들이 있다.

아내를 옆에 불러 이야기해 보면 어떨까.

지금 불안하다고, 견딜 수 없이 초조하다고. 과거 이야기를 들려주며 현재의 자기 기분을 모두 이야기한다.

아마 이야기를 하면서도 그는 불안할 것이다.

불안하여 허둥거리는 그의 마음이 아내에게도 느껴질 것이다.

아내는 그의 손을 잡는다.

안쓰러워하며 두 손으로 힘껏 잡아준다.

'이젠 괜찮아요. 내가 옆에 있잖아요. 그 시간은 이제 다 지나갔어요.'

진심으로 남편을 위로하고 격려해 준다.

어두워져 가는 방안에 부부가 손을 꼭 잡고 앉아 있다.

신혼 시절 이후로는 처음 들어보는 아내의 따뜻한 목소리가 남편의 가슴에 남는다.

남편에게 이제 어두워져 가는 시간은 다른 의미가 된다.

그의 무의식에 새로운 무의식이 덧입혀지는 순간이다.

따뜻하고 부드러운 기억이 입혀진다.

이것이 과거를 현재로 불러와 지금 상황에서 만나는 일이다.

술주정으로 진상이 된 대학생은 친구들을 집에 가지 못하게 막으며 무엇을 기대했던 것일까?

그가 기대한 건 친구들이 밤새 옆에 있는 그 자체이다.

내가 이렇게 원하니까, 그리고 너희는 친구니까, 각자의 사정이 어떠하든 오늘 밤은 운명을 같이해야 한다.

그가 바란 것은 오직 그것이었다.

어떤 상황을 기대한 것이 아니라 친구들이 옆에 있기만 하면 되었다. 그것이 아버지의 이해 못 할 사라짐으로 해서 겪었던 고통에 대한 그의 보상심리였다.

그가 술자리에서 누구도 떠나지 못하게 한 것은 말하자면 친구들을 모두 과거로 끌고 들어간 것이라 할 수 있다.

그것이 좀처럼 이루어지지 않자 밤새 함께 마시는 일이 무슨 근원적 욕망처럼 돼 버려 친구를 잡는 주사가 더 심해져 갔다.

그도 과거를 현재로 불러왔어야 한다.

'오늘 내 얘기 좀 들어줄래?'

그러고는 취하기 전에 먼저 과거의 아픔을 들려주었다면 친구들은 아무도 집에 가지 않을 것이다.

그런 고백을 듣고도 먼저 가버릴 사람은 없다.

남에게 과거의 상처를 말하고 안 하고가 본질이 아니다.

과거로 끌려 들어가지 말고 현재에서 과거를 풀어야 한다는 뜻이다. 그러기 위해서는 '지금' '여기'의 상황이 중심이 되어야 한다. 그것이 지혜이고 자기 자신과의 진정한 맞대면이다.

이때 지혜가 또 필요한 건 주변 사람들이다.

고백에 대하여 진심으로 그 사람 마음이 되고 편이 되어주는 태도가 필요하다. 함께 공감해 주는 따뜻한 배려가 필요하다.

사람들은 지금 여기에서 아프고, 위로해 줄 이들도 지금 여기에 있는 사람들이다.

열다섯

내 아픔을
관객으로
바라보면

—   "그러니 나를 좀 제발 그냥 놔두
시오."

이 말을 기억하는 사람이라면 좀머씨의 기이하고 슬픈 생애를 알
것이다.

독일 작가 파트리크 쥐스킨트의 《좀머씨 이야기》 책은 평생을 허름
한 옷차림에 배낭 하나 메고는 목적 없이 종일 걸어 다니기만 하다
호수에서 쓸쓸히 자살하고 마는 사람의 이야기다.

이 소설은 프랑스의 어느 마을을 무대로 하여 어른이 된 소년이 좀
머씨라는 동네 아저씨를 회상하는 형식으로 되어 있다.

소설의 화자인 소년은 좀머씨와 극적인 몇몇 순간에 우연히 만난
기억들이 있다.

그때마다 소년은 좀머씨를 지켜보는 관객에 불과했다.

폭우가 쏟아지던 어느 날 소년은 아버지와 차를 타고 경마장에서
돌아오다 여느 때처럼 묵묵히 걷고 있는 좀머씨를 만난다. 워낙 심한
장대비라 소년의 아버지가 좀머씨에게 '이러다 죽는다'라며 차에 탈
것을 권유하지만 그는 대답도 하지 않고 걷기만 한다.

아버지가 몇 번이나 권유하자 그제야 간청이라도 하듯 겨우 나온

한 마디가 '그러니 나를 좀 제발 그냥 놔두시오' 하는 말이었다.

소년은 음악선생에게 인격모독에 가까운 심한 꾸중을 들은 날 죽어버리고 싶다는 마음에 나무에 올라갔다가 좀머씨를 보기도 한다.

그때 좀머씨는 배낭 속에서 빵과 물을 꺼내서는 허겁지겁 먹어 치우고 숲속으로 들어갔다.

늘 죽음을 어깨에 이고 다니는 것만 같던 좀머씨가 꾸역꾸역 빵을 먹으며 살아보려 하는 모습을 보고 나자 소년의 자살 결심은 순식간에 사라진다.

그리고 또 하나의 극적 순간!

소년은 호수로 천천히 걸어 들어가는 좀머씨를 보게 된다. 좀머씨가 고독했던 생을 스스로 마감하는 순간이다.

소년은 많이 갈등하기는 하나 그의 마지막 순간을 그냥 지켜보기만 한다.

이후 누구에게도 그날 자기가 본 장면을 말하지 않는다.

소년이 자살하려는 좀머씨를 그냥 바라보기만 한 것은 언젠가 들었던 '그러니 나를 좀 제발 그냥 놔두시오' 하는 말 때문이었다.

어린 나이였지만 소년은 좀머씨의 그 말 한마디에서 마음의 깊은 상처와 허무를 보았다. 세상 아무 일에도 관여하지 않고 이대로 살다 죽겠다는 어떤 결연한 의지도 느꼈으리라.

마치 탈출이라도 하듯 호숫가로 걸어 들어가 생을 마감한 좀머씨.

그가 왜 그렇게 살다 갔는지 책에는 이유가 나와 있지 않다. 이유가 있었다면 오히려 소설적 감동은 덜했을지 모른다는 생각도 든다.

멀쩡한 사람이 이유도 없이 세상을 완전히 등진 채 고행 같은 걷기만 계속하는 것을 보면서 독자들은 설명하기 힘든 안타까움과 함께 '아무도 모르는 고독'이라는 문제를 깊이 생각해 보게 되는 것이다.

과연 무엇이 좀머씨를 그처럼 쓸쓸한 고독으로 밀어 넣었을까?

소년이나 마을 사람처럼 나 역시 무언가 마음에 깊은 상처가 있다고 짐작할 뿐이다.

다만 심리학적인 관점에서 흥미로운 것은 좀머씨의 그런 모습이 다른 사람들에게 불쾌감만 준 것은 아니라는 점이다.

소년은 살아보려 애쓰는 그를 통해 자살 결심을 바꿀 수 있었다. 소년의 아버지는 그를 측은해하며 상대적으로 안락한 자기 삶을 돌아볼 수 있었다. 누군가는 또 좀머씨와 같이 걸어주는 사람이 하나도 없었다는 것에 안타까움을 느꼈을 수도 있다. 혹은 좀머씨의 걷기를 일종의 고행 수련으로 보면서 안일한 일상에 젖어 있는 자신을 반성했을 수도 있다.

어쨌거나 좀머씨는 '아무것'도 '안 한 것'은 아니다.

그는 나름대로 치열했다.

그가 무엇을 찾아다녔든 피해 다녔든 그는 걷기를 통해 자기 삶의 무엇인가를 채웠고 삶을 연장시켰다.

그가 호수로 들어가기 전에 마지막으로 중얼거린 말이 있다면 아마도 '이것으로 충분하다'라는 말은 아니었을까.

상담심리가 종결되면 사례들 속에 있는 사실, 인물, 그리고 같이 차오르는 감정들을 될 수 있으면 빠르게 마음 밖으로 내보낸다. 최대한 역전이를 조심하려 하지만 깊게 내 마음을 쿡쿡 찔러올 때가 있어 되도록 이 작업을 서두른다.

그런데 유독 가슴 아프게 남아 있는 사례 하나가 있다.

군에서 막 제대한 스물일곱 살의 청년이 엄마가 걱정된다며 호소한 엄마의 무기력과 아픔에 대한 이야기다.

한때는 아들이 상담을 했었다.

어머니의 태도는 과도하다 못해 병적이었다. 성적과 결과, 그리고 목표에 대해 아들을 마구 밀어붙이는 식이었다.

오랜 기간 계속된 어머니의 태도에 자기 삶이 조종당하고 있다고 느낀 아들은 '나는 무엇인가?' 하는 회의감마저 들었다.

대학을 졸업하고 사회인이 되어도 자신에 대한 어머니의 대리 욕망은 그칠 것 같지 않다는 생각에 마음이 늘 바위에 짓눌린 듯 답답했다.

결국 마음의 병은 몸으로 나타나기 시작했다.

아들은 밤마다 헛소리를 하고 식은땀으로 체중이 급격히 줄어들었다. 병원에서 받은 진단명은 '폐쇄성 공포증!' 입원을 하고 내게 상담을 받은 것이다.

이후 아들은 차츰 건강을 회복했고 군입대를 했고 무사히 제대를 했다.

그런데 집으로 돌아와 보니 엄마의 상태가 예사롭지 않았다.

그 사이 무슨 문제가 일어난 것일까?

결론부터 말하면 어머니는 모든 희망을 놓아버렸다.

자신의 모든 것을 아들에게 바쳐왔는데, 아들에게 발생한 병으로 인해 어쩔 수 없이 포기해야 했던 상황 앞에서 기운이 빠진 것이다.

어머니는 '그래, 남편 복 없는 년이 자식 복은 있겠냐'라는 넋두리를 수시로 하는 등 극도의 허탈감을 보이면서 일상의 모든 일에서 손을 놓았다.

아들이 제대하고 대학에 다시 복학할 때까지도 집안은 엄마의 무기력으로 늘 무겁게 가라앉아 있었다. 전에는 엄마의 적극성으로 집안에 어쨌거나 활기가 넘쳤는데 이제는 가족 간에 하루 종일 대화 한 마디 없을 정도로 침울한 분위기가 되었다.

나는 그의 어머니를 만나고 나이보다 훨씬 늙고 초라해 보이는 모습에 내심 꽤 놀랐다. 생의 에너지가 다 빠져나간 듯 무기력한 모습.
그러나 기운이 없음에도 상대의 기를 누르는 강한 면모는 얼굴 어딘가에 여전히 고스란히 남아 있었다.
어머니의 완강한 모습에서 강한 의존의 모습을 볼 수 있었다. 자신은 없고 오로지 자식의 큰 줄기에 기대 살아온 삶만이 보였다.
자신의 뿌리가 없는데 이 엄마가 어떻게 살아갈 수 있겠는가?
어머니는 자식에게 걸었던 욕망을 정리하지 못해 텅 빈 생을 살고 있었다.
어머니는 남편에게서 채우지 못한 내면의 깊은 공허감을 채우려고 아들에게 집착했다. 그 일환으로 아들에게 '통제'와 '조종'을 사용했다. 그러다가 자신의 필요가 채워지지 않을 때는 아들에 대한 '경멸'과 자신 삶을 '포기'하여 무기력에 빠짐으로써 상대에게 복수하고 있었다.

이들 모자 말고도 세상에는 다양한 원인으로 수렁 같은 고통에 빠진 사람들이 많다.

이런 감정이 회복되지 않으면 시간이 지날수록 우울증으로 발전되어 일상을 황폐하게 만들어간다. 우울증에 빠진 어머니가 어린 자식을 목 졸라 죽였다는 신문 기사는 정말 얼마나 끔찍한가.

사는 게 너무 아프고 힘들어 세상이 다 적군처럼 보인다면 오늘 밤 일기장에 이렇게 한 줄 적어보면 어떨까 싶다.

이건 《좀머씨 이야기》에서 빌려온 방법이다.

오늘부터 나는 관객이다.

이제 더는 자신에 대해 생각하지 않는다.

누군가에 기대어 생각하기도 그만두자.

나는 관객이다.

객석에 편안히 앉아 지금부터는 내 주변의 사람들을

그저 바라보기만 한다.

그들은 배우다.

무대에 올라와 어머니 역할을 하고, 교수 역할을 하고,

친구 역할을 하고, 선임자 역할을 하는 저 배우들을

가만히 바라본다.

그들의 말을 대본처럼 듣는다.

따지고 보면 사람은 누구나 자기에게 주어진 역할에 필요한 대사를 하고 있을 뿐이다.

그리고 그 역할은 그들 자신의 욕망과 상처에서 나온다.

아버지라서 아버지 역할을 하는 게 아니라 아버지이고자 할 때 아버지 역할을 한다. 선배 입장이 유리할 것 같으면 선배 역할을 하고 책임을 지고 싶지 않으면 후임자 역할을 한다.

모두들 욕망을 이기지 못해, 상처를 이기지 못해, 나름대로 열심히 자기가 해야 할 일이라고 생각하는 일들을 한다. 남을 억압하는 일, 이간질하는 일, 독설을 퍼붓는 일, 예쁜 선물을 준비하는 일들도 다 그런 일이다.

정말 관객의 마음이 되어 주변 사람들을 바라보면 그처럼 누구나 다 욕망이라는 감옥에 갇혀 허겁지겁 사는 것이 보인다.

이런 시선이 깊어지면 비로소 해탈도 하고 도인도 되겠지만 세상 다 펼쳐놓고 그런 경지를 추구하자는 이야기는 물론 아니다.

그저 이 바쁘고 속물스러운 세상에서 살아남는 제법 유익한 방편

현재의 문제에서 벗어나는 길은
잠시만이라도 그것을 생판 남의 일처럼
바라볼 수 있을, 그때 찾아진다

하나를 말하는 것이다.

세상에 휘둘리지 말고 딱 한 걸음만 물러서 관객이 되어보는 일.

내가 누구인지도 모른 채 '거짓 자아'로 살아온 내 모습도 관객이 되어 바라보는 일.

그것을 해보라고 하는 것이다.

그러면 아마도 객관적인 시야를 확보할 수 있을 것이다.

좀머씨의 행위를 바라보았을 때 소년은 그곳에서 자신을 보게 되고 자살을 결심한 자신의 행위를 객관적으로 보게 되었다.

그때 비로소 자살할 마음을 철회하지 않았던가?

작정하고 일주일만 그래 보자.

정말 힘들어서 하루하루 눈뜰 때마다 다시 눈 감고 싶다면 밑지는 셈 치고 해보는 거다.

간단하지 않은가?

역할 노릇을 하는 것이 힘들지 관객의 눈이 되는 건 쉽다.

무기력이든 무엇이든 현재의 문제에서 벗어나는 길은 잠시만이라도 그것을 생판 남의 일처럼 바라볼 수 있을, 그때 찾아진다.

그러면 사람들이 달리 보인다.

무섭던 사람이 안 무서워지고 밉기만 하던 사람이 가련해 보일 수도 있다. 이해해보고 싶은 마음도 생기고 '세상에 내 주제에 누굴 위로해?'라고 믿었던 신념이 무너지면서 누군가를 위로해 주고 싶은 마음도 생긴다.

어느 날 자신의 변화된 마음에 스스로 깜짝 놀랄 수도 있다.

상담자로 살다 보면 나는 법적으로 윤리적으로 공정성을 잃을 때가 있다. 무엇이 옳은지 그른지, 어느 것이 맞고 틀리는지 가늠할 수가 없다.

그 사람의 처지에서 듣다 보면 때론 옳은 것이 그른 것이 되기도 하고 틀린 것이 맞는 것이 되기도 함을 수없이 경험하기 때문이다.

이것이 객관적으로 보는 법, 관객으로 보는 법을 훈련한 결과이다.

전소영 작가의《적당한 거리》그림책 문구들이 가슴에 임팩트 있게 꽂힌다.

"네 화분들은 어쩜 그리 싱그러워?"

"적당해서 그래. 뭐든 적당한 건 어렵지만 말이야. 적당한 햇빛,

적당한 흙, 적당한 물, 적당한 거리가 필요해. 우리네 사이처럼!"

"그렇게 모두 다름을 알아가고 그에 맞는 손길을 주는 것. 그렇듯 너와 내가 같지 않음을 받아들이는 것. 그게 사랑의 시작일지도."

"한 발짝 물러서서 보면 돌봐야 할 때와 물러서야 할 때를 조금은 알게 될 거야."

정말 구구절절 공감되는 구절이다.

무엇인가를 얻고 싶고 관계에서도 편안하기 위해서 우리는 '한 발짝 물러서면'이라는 전제조건을 잘 익혀야 한다.

그런 면에서 자신의 '거짓 자아'를 내려놓고 '참 자기'를 찾아 한 발짝 물러서서 조용히 내면 여행을 하면서, 그림책의 주인공 얀을 만나보기를 권한다. 얀은 자신을 찾아가는 여정을 관객으로 바라보고 있다.

2018년 노벨 문학상 수상작가 올가 토카르축의 아름다운 글과 연필 드로잉을 통해 표현되는 부드러운 흑연 질감의 그림이 매우 인상적인 그림책《잃어버린 영혼》을 읽어보자.

그림책은 요안나 콘세이요의 섬세하고 부드러운 연필선 밑으로 고요함과 쓸쓸함이 느껴지면서, 동시에 온기도 가득 담겨 있다.

그림책의 주인공은 얀이다.

틀에 박힌 일상을 바쁘게 살아가던, 평범한 얀이 어느 날 출장길 호텔 방에서 숨이 막힐 듯한 통증을 느낀다.

그리고 순간, 그 어떤 것도 기억해내지 못하는 자신을 발견한다.

자기가 누구인지, 어디에 무슨 일로 와 있는지, 그리고 자기 이름마저도 기억하지 못했다.

다음 날, 얀은 의사에게 믿기 어려운 이야기를 듣는다.

실은 지금 그의 내면에는 영혼이 없다는 것.

영혼을 잃어버렸다는 것.

미처 주인의 속도를 따라가지 못해 어디선가 떠돌고 있을 그의 영혼.

그날부터 얀은 도시 변두리의 작은 집에서 천천히 자신의 영혼을 기다리기 시작한다.

그렇다면 얀은 그동안 영혼 없이 살았다는 이야기가 된다.

자신의 영혼을 상실한 채 누구의 아들이고 누구의 남편이고 누구의 아빠이고 누구의 무엇으로 살았던 얀은 '참 자기'를 잃어버린 존 재였던 것이다.

그런 존재가 '참 자기'를 회복하는 방법으로 의사가 권한 처방법은 영혼이 제 주인을 찾으러 올 때까지 기다리라는 것이다.

그림은 글이 서술하지 않고 열어놓은 이야기의 여백을 차근차근 채워 간다.

어린 영혼이 들어오는 과거의 공간들. 어떤 날의 파티장과 낡은 레 스토랑, 겨울의 빈 공원과 스치듯 흘러가는 기차의 풍경들. 쓸쓸한 그 공간을 지나오는 그 여정에 지치고 찢기고 상처 입은 영혼의 남루 한 외형은 관객으로 바라보는 모두의 눈에 아련함과 측은함, 그럼에 도 대견함을 안기기에 충분하다.

책의 왼쪽은 오고 있는 영혼의 공간이고, 오른쪽은 머물고 있는 관 객 입장에서 바라보며 기다리는 주인공 얀의 공간이다.

그리고 그 두 공간은 낡고 빛바랜 바탕으로 연결되어 있다.

시간이 어느 정도 지난 후 '참 자기'를 만나는 그 지점에서의 색감 은 빛바랜 칙칙함을 거두어 내는 희망을 선사한다.

뭔가 가슴이 차오르는 감흥을 느낄 수 있을 것이다.

아픔이란 결국 내 아픔이기 때문에 아프다.

그렇다면 내 아픔에조차 한번 관객이 돼 보자.

남의 아픔처럼 바라보자.

그러면서 주변 사람의 일상을 무대에 선 배우들의 충실한 역할처럼 바라보자.

그렇게 관객의 마음으로 모든 것을 '물끄러미' 바라보기만 하다가

누구나 다 비슷한 삶을 살고 있다고 생각될 때쯤,

문득 자기 자신을 돌아보는 거다.

거기에는 어떤 사람이 서 있을까?

열여섯

코로나블루가
가져다준
충만함

—   뭔가 인생의 호시절을 맞게 될 때
대부분 사람들은 이런 말을 한다.

"내 인생에 요기부터 요기까지 딱 잘라냈으면 좋겠어."

왜 그런 생각을 하는지 어느 정도의 삶을 살아보면 안다.
그 마음을.
한겨레교육에서 독서심리상담사나 그림책 심리 지도사를 양성하
는 과정에는 전문가적 자질을 연마하기 이전에 2급 과정을 둔다.
말하자면 커리큘럼을 짤 때 2급 과정에서 집중적으로 심리 이론을
다룬다.
이는 심리학적 지식을 습득하게도 하지만 사실 이론을 배우며 자
기 치유에 다가갈 용기를 내기 바라는 마음에서다.
이 시간은 자신을 이론으로 훑어 들어가면서 도저히 이해할 수 없
었던 자신의 마음을 들여다보는 수련 시간이다.
꽤 많은 상담자가 이러한 훈련의 미비함 때문에 내담자 앞에서 역
전이를 다루지 못하고, 좀 기가 세다고 느끼는 내담자를 상담할 수
없다며 드롭아웃을 하기도 한다.
더 나아가 그런 자신의 한계점을 호소하며 그동안 쌓아 온 시간과

노력을 내던져버리고 마는 것을 무수히 보았다.

하여 남들이 의아해할 만큼 전문가적인 탐구, 발문, 적용을 1급으로 몰아놓고 2급 과정에서는 심리 지도사로서 내가 얼마만큼 '나'를 분석하고 세웠는가를 집요하게 묻는다.

이 과정에서 집단상담을 병행하는 이유가 바로 여기에 있다.

집단상담 중에 동백 님은 다른 분과의 마찰로 무척 힘들어했다.

웬만해서는 탐색기 초반에 마찰을 일으키는 경우가 적음에도 동백 님은 유달리 예민하고 날카로웠다.

발단은 자기 바로 옆에 앉지 말아 달라는 것이었다.

사실 '사회적 거리두기'로 인해 어느 정도 거리도 됐고 각자 개인 책상이며 마스크를 모두 쓴 입장에서 그렇게까지 하지 않아도 되는 상황에 동백 님의 행동은 타인을 불쾌하게 만들기에 충분했다.

집단을 이끄는 내내 나 또한 동백 님의 비언어적 메시지에 예의 주시를 했었다.

어찌어찌 마무리하고 돌아간 밤 시간!

동백 님이 나를 찾아왔다.

얼마나 다급한 마음일지 알기에 시간을 열어두고 그녀를 마주한 공간에는 시작부터 그녀의 울음으로 가득 메꾸어졌다.

낮 시간의 예민하고 날카로운 그녀는 어디에도 없었다.

두메산골에서 8남매의 막내로 태어나 참 힘들게 자랐다는 이야기를 하다가 멈추고는 울기를 삼십 분.

이럴 때 상담자는 가만히 기다려 주어야 한다.

마음이 어느 정도 추슬러졌는지 동백 님이 내게 물었다

"교수님, 부모님 살아계시죠?"

"네."

"전 집을 나와 부모님과 연락을 안 한 지 27년째예요."

"그럼 결혼식에도 부모님이 오시지 않으셨어요?"

"저 결혼 안 했어요. 이 나이 먹도록 그냥 애들 가르치면서 그게 내 일이고 즐거움이라 생각하며 잘 살았어요."

"그러시군요. 요즘 결혼은 선택이라고 하잖아요."

"그런데 …… 중요한 일로 가족관계증명서가 필요해 발급을 받았는데 아버지랑 어머니가 모두 5년, 3년 전에 돌아가셨더라고요."

"그럼 가족 그 누구하고도 연락을 안 하고 있었던 거예요?"

"네. 스무 살 이후 멀리 떨어져 나와 혼자 독하게 살았어요."

그녀를 독하게 맘먹고 살도록 한 그 이유는 무엇이었을까?

위로 오빠 언니들의 정말 다양한 삶을 보아왔다고 했다.

막내였던 자신과 가장 큰오빠의 나이 차이가 스물다섯 살이 났으니 그녀가 열 살에 이미 오빠는 서른다섯이었다.

큰오빠가 집안의 가장 역할을 할 줄 알았는데 뭐가 잘못되었는지 어린 나이에 본 큰오빠는 성인으로 무엇 하나 할 줄 아는 게 없는 동네의 망나니였다고 했다.

큰오빠 옆에 있던 새언니, 그러니까 올케가 떠난 뒤에 큰오빠의 일탈은 더 심해졌고 술에 취해 오는 날은 부모님 앞에서 주사를 참 험하게 부렸다고 한다.

그러니 그 뒤 집안의 기강은 무너졌을 것이고 다른 언니 오빠들의 삶도 비슷하게 흘러갔을 터이다.

시골서 희망도 없는 자기 삶에 진즉에 포기란 것을 안고 살았던 그들의 삶을 지켜보며 자란 그녀는 여기서 이렇게 있다가는 자신도 똑같이 패배자로 늘 술에 절어 신음하는 삶을 살 것 같아 도망치듯이 나왔다고 했다.

겨우 공부해서 대학을 가고 졸업해서 아이들을 가르치기까지 정말 두 평 남짓한 고시원 같은 곳에서 아득바득 살았고 이제 혼자 살만한 환경을 만들어 나름 행복하다고 생각했다는 것이다.

그럼 된 것 아닌가?

문제는 괜찮은 줄 알았던 자신의 마음이 그렇지 않더라는 것이다. 부모님의 죽음에 대해 어떠한 마음의 준비 없이 받아든 종이 한 장!

증명서에 나타난 부모님의 부재가 그동안 자신이 잘 감추어 두었다고 생각한 꽤 많은 것을 다시 소환한 것이다.

"안정적으로 잠을 잘 수 있을 공간을 마련한 후에 오히려 잠을 잘 자지 못했을 텐데요?"

"네. 맞아요. 오히려 두 평 남짓 고시원 같은 곳에서는 피곤함에 찌들어서인지 지쳐서인지 모르지만 잠 하나는 잘 잤어요. 그런데 원룸을 얻고 그것이 투룸이 되고 이제는 빌라지만 내 집이 생긴 이후로는 오히려 잠을 이루지 못해요."

"'독하게'라고 표현한 그 마음이 여타의 감정을 누르는 강력한 에너지였을 테니까요."

내 집이 생기고 '이만하면 나 괜찮아'라고 하는 그 순간, 그동안 괜찮다고 눌러 놓았던 감정들이 한순간에 폭발하며 괜찮지 않은 나를 무너트리고 말았을 것이다.

사실 과거의 시간을 잘 정리하여 구석진 한편에 놓아둔 것이 아니지 않은가?

어쩌면 그동안 불쑥불쑥 올라올까 봐 잔뜩 긴장하면서 계속 자신의 치부를 누르고 밟아왔을 것이다.

그러다 미처 준비 없는 상황에서 올라오게 되면, 순간 강력한 에너지로 인해 자신을 나락으로 떨어뜨리고도 남을 부정적 회오리가 되는 것이다.

그러고 보니 동백 님이 유달리 코로나 상황에서 죽음에 대한 공포가 크고 사회적 거리두기에 대한 국가적 대처와 안배가 불만이라며 예민하게 반응한 것이 이해가 되었다.

그녀의 불안한 감정은 '안전' 욕구와 '소속' 욕구 단계에서 어떤 망에 갇혀 있었다.

스스로 가족과 연을 끊으며 혈혈단신 헤쳐가기를 선택했지만 그녀 안에 무의식은 언제든 누구도 모르게 죽을지 모른다는 공포와 관계로 묶이지 않은 '자신'의 삶이 온전하지 못하다고 스스로 치부하는 지경에 놓여 있었다.

나아가서 어떤 계기로 떼어 본 가족관계증명서는 그녀를 패륜녀로 만들어 놓았다.

이렇게 되자 동백 님 스스로 가족을 외면하고 살면서 누구보다도 열심히, 성실하게 살려고 애쓴 노력마저도 부정하게 되었다.

간절하고 치열했던 삶 전체가 의미를 잃게 된 것이다.

이런 경우 상황은 참 심각해진다.

"이 책 읽어 보세요."

동백 님에게 건넨 책은 영국 작가 믹 잭슨이 쓰고 존 브레들 리가 그린 《우리가 잠든 사이에》 그림책이다.

한 아이가 아늑한 이불 속으로 들어가는 장면부터 시작한다.

엄마는 보이지 않지만, 아빠와 함께한 집안 느낌은 안온하고 따뜻 한 밤이다.

아이가 푹 잠들었을 때 누군가는 말똥말똥 깨어서 몇 시간 전에 아이가 탔던 버스를 청소하느라 바쁘다. 화물 트럭은 택배 물건을 싣고 밤새도록 달리고 택배 회사에서는 누군가 우편물과 택배 상자를 분류하고 빵집에서는 새벽부터 빵을 만든다.

어떤 가게는 사람들이 언제든지 필요한 걸 살 수 있도록 밤늦은 시각까지 문을 열어둔다. 24시간 다니는 택시는 급하게 어디를 가야 할 사람들을 실어 나른다. 소방관들은 잠들지 않고 기다렸다가 종소리가 울리면 자리에서 벌떡 일어나 불을 끄러 달려간다.

병원 또한 밤이 없다. 밤에 아기를 낳는 사람도 있고 간호사나 의사들은 밤이라도 환자들의 체온과 맥박을 확인해야 한다.

어느 동네에 있는 엄마 아빠는 잠 못 드는 아기를 위해 기저귀를 갈거나 젖을 먹여야 한다.

여기서 시선은 숲을 향한다.

마을 바깥 숲에서는 올빼미가 들판을 날고 박쥐들도 호수를 건너간다. 배고픈 산토끼는 먹이를 찾으러 다닌다.

가끔 비가 내리는데 비는 냇물에서 강으로 흘러가고 강물은 바다를 찾아간다. 먼바다에서는 배들이 긴 항해를 하고 수백만 개의 별들이 배들을 내려다보고 있다.

우리가 잠든 사이에도 세상은 이렇게 유기적으로 돌아간다.

어느 한 곳이 멈추면 사실 모두가 멈출 수 있는 사회에 우리는 살고 있는 것이다.

팬데믹 사태를 맞지 않았더라면 평화로운지도 모르고 평범하고 지루하기 짝이 없는 일상이라고 여길 만한 그런 날들이지만 모든 봉쇄 조치에도 삶이 영위되게 한 것은 바로 이 평범함 때문이었다.

반복되는 누군가의 움직임과 그런 움직임이 연대하고 연결되어 우리를 살 수 있게 만든 것이다.

그러니 어떤 일은 귀하고 어떤 일은 하찮은 것이 아니다.

코로나19는 모든 일이 귀하고 중요하다는 것을 알려주었다. 팬데믹 사태를 겪으면서 눈물겹도록 따뜻한 일상이라는 것과 가족이 얼마나 소중한지를 알았다고 하는 말을 종종 듣게 된다.

동백 님에게 함께 읽어 보라고 권한 또 한 권이 있다. 미국의 동화 작가 모 윌렘스의 《때문에》 그림책이다.

이 그림책은 예술을 매개로 우연과 필연, 그리고 운명의 관계를 절묘하게 담았다.

작가 모 윌렘스는 '때문에'라는 낱말을 문장마다 반복적으로 삽입하여 마치 하나의 노래처럼 리드미컬한 이야기를 완성시켰다.

이 책에서는 어떤 한 사건이 도미노처럼 또 다른 사건들을 불러일으키고 연속적으로 이어지는 그 사건들이 어느 순간 강력한 힘을 발휘하게 된다.

마침내 누군가의 운명을 뒤흔들게 되어 누군가의 인생이 결정적으로 확 바뀐다는 결말을 마주할 때는, 결국 우리 인생도 연속선상에서 바라봐야 하는 긴 호흡이란 걸 인정하게 된다.

자신의 문제를 확대해서 전체를 부정해버리는 오류를 벗어나 인정할 것은 인정하는 것이 무엇보다 동백 님에게는 중요했다.

'독하게' 마음먹고 살았던 스무 살부터의 삶이 잘못되었고 의미 없었다고 하기에는 동백 님 '때문에' 귀한 학창 시절을 보낸 제자들이 있고 또 동료들이 있다. 그들을 부정해서는 안 된다.

그 제자들과 동료에서 연결된 수많은 사슬은 지금 어느 곳에서 또 평범한 일상을 이어가겠지만 그들의 일상이 또 돌아와 지금의 나를 있게 하고 있다.

그러니 동백 님의 삶과 연결해서 사회가 유기적으로 이어지고 어느 한 시간, 한 영역이 허튼 시간이 없었다는 것을 스스로 알아야 했다.

다만, 자기 삶의 일부를 도려내고자 한 그 부분의 재정리가 필요할 뿐이다.

이제라도 부모님께 인사하러 다녀오면 어떻겠냐고 말하는 내게 그녀는 담백하게 웃으며 말한다.

"'독하게' 마음먹고 고향 땅에 한번 가보려고요."

COFFEE

ESPRESSO 3.0
LATTE 4.5
VANILLA 4.0
MOCHA 3.0

열일곱

기적은
나에게서
온다

—　　　　　　　　나는 4남매의 맏이다. 어릴 때는
맏이여서 특별히 힘들다는 생각이 없었다. 맏이라는 인식도 따로 없
었던 듯하다.

가끔 나를 아는 지인들은 내 어린 시절의 이야기를 듣고 당신의 정
서가 그때 심어졌구나, 할 정도로 초등학교 2학년 이전까지는 편안하
고 한가롭고 따스한 기억으로 가득했다.

별이 내리쬐는 앞마당의 평상은 모깃불 연기로 자욱했지만 옥수수
를 쪄서 내오는 엄마의 손길로 지워졌고 마당 한옆 텃밭에서 자라는
가지, 토마토, 옥수수, 감자, 고구마 등은 늘 내 마음에 풍성함을 주었
던 듯하다.

가을 햇살 아래 도토리를 주워 말리던 엄마가 껍질을 까기 위해 나
를 넓은 고무 대야에 태우고 밀고 다닐 때면 세상 부러운 것이 없는
충만함으로 가득했다.

그렇게 엄마는 늘 우리를 보살펴 주었고 비 오는 날 대청에 누우면
어김없이 김치부침개를 해주시면서 천천히 먹으라고 등을 쓰다듬어
주셨다.

나는 부침개만큼이나 늘 사랑에도 배불렀다.

내가 허기를 느끼기 시작한 건 아버지가 사업에 실패한 후 엄마가

가장 역할까지 맡게 되면서였다.

내 유년의 추억이 고스란히 녹아 있는 따듯한 마당 깊은 집을 말 그대로 빼앗기고 구멍가게가 딸린 방 한 칸이 전부인 곳으로 이사 가던 날!

밤새 숨죽여 울었던 기억이 난다.

가게를 열어 장사를 시작한 엄마에게는 이제 자식들을 먹여 살리는 문제가 시급했다. 더는 비 오는 날 부침개를 부쳐 줄 여유가 없었다.

게다가 그렇게 내몰린 가족에 대한 미안함과 자신 스스로에 대한 자괴감에 아빠는 늑막염을 앓아 자리에 누우셨다.

약이 귀했던 그 당시에 엄마는 약을 구하러 매일 서울로 가서야 했고 엄마의 빈자리를 채우며 동생들에 대한 사랑과 책임은 고스란히 나의 몫으로 떨어졌다.

여덟 살 난 나에게 가게를 봐가며 엄마 역할을 하기란 버거움 그 자체였고 그것은 무거운 짐이었다.

나는 사랑이 그리워 소리도 지르고 싶었고 동생들처럼 어리광도 부리고 싶었다.

나는 엄마가 되고 싶지 않았다.

엄마의 사랑을 받는 아이로 남고 싶었다.

지금 생각하면 맏이로서 대단한 일을 한 것도 없는데 그때는 맏이라는 위치에 주눅이 들어 있었다. 특히 서울 간 엄마가 다시는 오지 않을까 봐 두려웠던 감정이 제일 컸던 것 같다.

노을이 지고 어스름한 저녁이 찾아올 때의 두려움은 지금도 가슴을 울리는 고통으로 남아 있다.

울고 싶었는데 울 수가 없었다.

동생들 앞에서 우는 건 맏이가 아니란 생각을 했었나 보다.

그 뒤부터 나는 울고 싶어도 울 수 없었고 내가 하고 싶은 것, 갖고 싶은 것이 무엇인지도 당당하게 말할 수 없었다.

오히려 나 스스로 그들에게 무엇인가를 해주어야 하는 존재로 자리매김을 했다. 누가 그러라고 시킨 것도 아닌데 …….

그러는 동안 엄마도 동생들도 모르는 나만의 그늘이 그렇게 쌓여 갔다.

이런 그늘은 내가 어른이 되고 자식을 둔 나이가 될 때까지도, 상담 심리사가 되어 남의 아픔을 다독거리고 있을 때도 여전히 마음 어느 한구석에 남아 종종 나를 까닭 모를 우울함으로 몰아가곤 하였다.

어느 날 그 우울함이 한순간 모두 씻기는 경험을 하였다.

한 남자가 나의 마음에 기적 같은 단비를 내려 내 안에 가라앉아 있던 오래된 앙금을 말끔히 씻기고 충만한 기쁨을 선물해 주었다.

그 남자의 이름은 장동건이다.

아니 이진석의 형 이진태!

오래전 영화 『태극기 휘날리며』를 보던 날, 나는 영화 시작부터 내 내 장동건이 분한 인물에 빠져들었다.

동생을 위해서 자신은 얼음 과자인 아이스케키를 먹지도 못하고 동생을 위해서 구두를 만들어 주고 동생을 위해서 군에 입대하고 결국에는 동생을 살려 보내기 위해 죽는 장동건.

영화 마지막에 장렬하게 죽어가면서 중공군에게 따발총을 난사하는 그를 보면서 나는 영화관이라는 것도 잊고 소리 내어 꺽꺽 울었다.

그때 나는 내 가슴에서 수많은 가시와 앙금들이 진태가 쏘아대는 탄알들처럼 한꺼번에 몸 밖으로 쏟아져 나오는 것을 느꼈다. 내장이 재배치되고 영혼이 정화되는 듯한 강렬한 씻김의 경험이었다.

함께 본 지인이 나의 마음을 짐작했는지 등을 쓰다듬으며 조용히 말했다.

"형만 한 아우 없지?"

맏이로서 한 일이 진태에 비하면 형편없음에도 나는 늘 맏이라는 책임감에 눌려 살았다. 기쁨으로 한 일이 아니고 어쩔 수 없이 받아들인 일이었기 때문이리라.

하나를 참으면 하나만큼 억울했고 하나를 양보하면 양보한 만큼 초조했다.

그러면서도 꾸역꾸역 맏이로서 최선을 다해 보려 내 나름대로는 무진 애를 썼었다.

그랬던 나에게 진태는 '대가 없는 사랑'을 보여주었다.

대가 없는 사랑이란 얼마나 고결한가.

누구나 그것을 안다.

하지만 머리로 아는 것과 가슴에서 솟구쳐 오르는 것은 완전히 다르다. 나는 그의 행위에서 고결함과 아름다움을 보았고 그에 비하면 무엇 하나 제대로 한 게 없지만 내가 한 일들 또한 같은 의미였다는 것을 느꼈다.

영화가 나에게 던진 뭉클한 감동은 그것이었다.

고결하고 아름다운 역할이 한때 나에게 주어졌다는 것.

충분히 다 하진 못했지만 내가 그것에 최선을 다했다는 것.

나는 그렇게 영화를 통해 내가 가장 힘들었던 시간의 의미를 새삼 깨우칠 수 있었다.

내가 견딘 시간이 대견했다.

내가 양보한 일들이 자랑스러웠다.

나 스스로 나의 행동들이 가상했고 그만큼이라도 해냈다는 것이 너무 다행스러웠다.

영화를 보고 나는 바라보는 시각과 느끼는 감각의 새로운 해석을 하게 되었고 기적처럼 어떤 무게감에서 놓여날 수 있었다.

그렇다면 나는 완전한 치유함으로 자유로워졌을까?

영화 한 편의 기적은 내가 지급한 금액보다 더 많은 감동을 불러왔지만 역시 지급한 금액보다 내 안에 쌓인 상처는 더 컸던 것 같다. 위로의 유효기간이 그리 길지 않았으니 말이다.

그 일로 모든 문제가 다 해결된 것은 아니다.

살아가면서 가정사로 인해 억울하고 우울한 감정들이 때때로 올라와 나를 괴롭혔다.

많은 이들이 상담을 받으면 모든 게 치유된다고 하는 환상을 갖기도 하고 상담 초입부터 언제쯤이면 종결을 할 수 있냐고 묻는다.

참 어처구니없는 생각과 마음 자세다.

깊고 깊은 뿌리는 사방으로 흩어져 있는데 어느 한 곳을 만져줬다고 그 전체가 괜찮아질 거라 기대하는 것 자체가 어불성설이다.

기적이 왔다면
그건 누구의 선물도 아니다
바로 내가 만든 것이다

이 또한 조심조심 찾아 들어가는 매우 어려운 과정임을 알아두어야 한다.

그러나 이것은 기억했으면 좋겠다.
이러한 기적을 경험한 나는 이전의 '나'가 아니란 것이다.
설익은 사과처럼 풋내 나는 방식으로 내 감정들을 표현하고 그로 인해 상대방에게 상처를 주었던 '나'가 아니라는 것이다.
적어도 자신이 하고 싶은 마음의 소리를 에둘러 표현할 줄 아는 여유를 갖게 된다.
또한 상대의 소리를 걸러서 들을 줄도 안다.
맘이 아픈 여러분에게 꼭 하고 싶은 말이다.
모든 것을 단번에 끊을 수는 없다.
조금씩 성장해 가며 상처를 고치고 싸매는 과정을 밟아나가야 한다.
그러한 시간의 대가를 지급할 때 치유의 기적은 온다.

오랫동안 병마에 시달리다 돌아가신 장영희 교수의 유고 에세이 《살아온 기적 살아갈 기적》에는 다음과 같은 이야기가 나온다.

그녀는 외국에 유학하여 2년간 각고의 노력 끝에 학위논문을 완성한다. 그런데 귀국을 준비하던 중 트렁크를 도둑맞는다.

물론 논문이 저장된 컴퓨터까지도 …….

그 소식을 듣는 순간 기절했다고 한다.

다시는 똑같이 쓸 수 없는, 설사 쓸 수 있다 해도 그러려면 다시 떠올리기조차 끔찍한 시간을 되풀이해야 한다는 현실 앞에 그녀는 절망한다. 비슷한 경험이 있는 나로서는 그녀가 얼마나 아득하고 막막했을지 짐작이 간다.

그런데 어느 날 그녀에게 기적이 일어난다.

넋이 나간 모습으로 닷새나 식음을 전폐하고 있을 때다.

자신의 삶이 해체되어 모두가 끝났다고 느끼며 재조립할 어떠한 여력도 느껴지지 않았을 그때!

그녀에게 어떤 목소리가 말한다.

'괜찮아, 다시 시작하면 되잖아. 그래, 아직 살아 있잖아.

다시 시작할 수 있어. 기껏해야 논문인데 뭐.'

그녀의 논문은 '기껏해야'라고 말할 수 있는 사소한 일이 아니었다.

당시 그녀의 모든 것이었고 미래로 데려다주는 유일한 희망이었다.

하루하루 겨우 버티며 탈진 직전에 완성한 논문이었기에 다시 시작한다는 것은 생각조차 못 할 일이었다.

하지만 그녀는 그 목소리에서 힘을 얻는다.

목소리를 듣는 순간 논문은 '기껏해야 논문'이 되었고 아직 살아 있으니 다시 시작하면 된다는 아주 단순하면서도 기적 같은 힘을 얻는다.

그 기적은 어떻게 왔을까?

책에 적혀 있는 대로라면 일단 이렇다.

어느 아침에 눈을 뜨니 커튼 사이로 한 줄기 햇빛이 스며들고 있었다. 그때 문득 이상한 호기심이 생겼다.

사람이 닷새나 굶고 있으면 어떤 모습일까?

자기 모습이 궁금해진 그녀는 일어나 거울 앞에 선다.

거울에 비친 자기 얼굴과 눈을 가만히 들여다본다.

그때 목소리가 들렸다.

물론 그건 마음에서 올라온 목소리였을 것이다.

그 목소리를 듣고 장영희는 논문을 다시 시작한다.

그리고 완성된 논문 서문에 이렇게 쓴다.

논문을 도둑맞고 내 삶에서 얻은 가장 귀중한 교훈

– 다시 시작하는 법을 가르쳐 준 도둑에게 감사합니다.

이때 얻은 교훈은 그녀가 먼 훗날 수년간 병마와 씨름할 때도 그녀에게 힘과 희망을 주었을 것이다.

고정순 작가가 쓴 《가드를 올리고》 그림책을 한동안 볼 수가 없었다. 말하자면 강한 역동이 올라와서였다.

끊임없이 맞아야 하는 빨간 주먹에게서 나를 보았고 더 나아가 질기게도 때려대는 검은 주먹에게서 유아기부터 내게 쏟아졌던 부당한 아픔들을 보고 싶지 않아서였다.

무엇을 잘못한 것도 아닌데 그저 태어난 것뿐인데 왜 나는 생후 45일 만에 안면기형을 갖게 되었고 가난에 내몰렸으며 초등학교 6학년 때 기차에서 떨어져 이런 몸을 갖게 되어야만 했을까?

정말 '해도 해도 너무하다'라는 강한 저항감으로 외면하고 싶었다.

그런데 어쩌랴. 학자입네 활동하면서 공식적인 자리에서 이 그림책을 언급해야 하는 상황을 급기야 맞닥뜨리고는 내키지 않은 맘으로 책장을 넘겼다.

강의에서 '분화'를 설명하며 예를 들 때 '자연스럽게 이것이 이루어져야 하는데 그것이 안 될 때 제도적으로 나설 때가 왕왕 있다'라고 하며 군대, 기숙사 입소, 직장 이전에 따른 분리 등을 이야기했다.

그런데 바로 그 상황이 내게 온 것이다.

바라보기를 외면해 왔던 거울을 턱 밑까지 들이밀고는 이래도 안 볼 거냐고 채근하는 느낌이었다.

그리고 나는 책을 끝까지 읽어낸 끝에 급기야 엉엉 소리를 내고 울었다. 빨간 주먹이 끝끝내 가드를 올리고 링 위에 서는 그 모습에서 여전히 아팠다.

여전히 상처로 가슴 먹먹한 채 울고는 있지만 여전히 남들처럼 성큼성큼 가지 못하고 기어서 가지만 그래도 꽤 괜찮은 '나'로 있지 않은가. 그리고 여전히 넘어져서도 그대로 널브러져 있지 않고 다시 일어서는 나를 보았다.

끝없이 스멀스멀 올라오는 내 안의 부정적인 자기 평가를 기어이 잠재우고 지금-여기에서 내 나름 설 수 있었던 것을 나는 감히 '기적'이라고 말한다.

그 기적은 어떻게 왔을까?

기적은 착한 아이가 믿는 크리스마스 선물과 같다.

믿으면서 간절히 열망할 때 내 안의 믿음과 열망이 기적을 가져온다. 뜬구름 잡는 신비 타령이 아니라 수많은 사람의 숱한 경험이 그것을 증언한다.

그래서 살면서 한 번이라도 기적을 경험했던 사람들은 장영희 교수가 그랬던 것처럼 이런 말을 한다.

우리가 살아가는 하루하루가 기적이다.

힘들어서 아파서 너무 짐이 무거워서 어떻게 살까, 늘 노심초사했고 고통의 날이 끝나지 않을 것 같았는데 결국은 하루하루를 성실하게 열심히 살며 잘 이겨냈다.

그것이 기적이다.

기적이 왔다면 그건 누구의 선물도 아니다.

바로 내가 만든 것이다. 🐦

내 마음을 울리고도
남음이 있었다

—   지난 2018년 4월부터 작년 2020년

4월까지 딱 두 해 동안 내 인생은 물에 젖은 솜 같았다. 삶을 굽이굽이 지나오며 갖게 되는 너무나 많은 아픔을 차치하고라도 정말 말도 안 되게 내 인생의 전부가 부정되는 끔찍한 시간의 연속이었다.

나를 믿어 준 제자들과 연대하여 함께 키워보자고 파워풀한 다짐을 하며 시작한 일이 첫발을 내딛자마자 해보기도 전에 균열이 생겼다.

그러면서 내부의 누군가로부터 받은 엄청난 상처가 내 인생을 송두리째 휘감아 버려 어떠한 의욕도 일어나지 않았다.

일반적인 상식으로는 도저히 이해할 수 없는 일들을 해버리는 상대의 마음속 심리를 이해하고, 나아가 어루만져 회복해보려고도 하였다. 하지만 연속선상에서 일어나는 일련의 일들 앞에서는 불가한 일이었다.

어디 그뿐이랴.

내 일신상의 일마저도 나를 벼랑으로 몰고 말았으니 나쁜 일들은 한꺼번에 온다는 말을 실감하는 순간이었다.

딱 그대로 시간이 멈췄으면 했다.

아니 정확하게 삶을 이쯤에서 끝내고 싶었다.

살 의욕도, 살 이유도 없었다고 해야 할까?

사람이 무섭고 주어지는 하루하루 시간이 두려웠다.

실시간 내게 던져지는 타인의 시선이 버거웠고, 연대하며 나를 믿고 따라줬던 제자들에게 어찌해야 할지 몰라 더욱더 아팠다.

그러면서 나는 비겁하게 도망갈 궁리를 하며 삶의 끈을 놓으려 했다. 심리학 강의를 하며 삶의 의미를 강조하고 동기부여를 해왔던 내 삶에 이보다 더 큰 배신이 있을까 싶었다.

그 당시 나는 딱 그만큼 너덜너덜한 감정의 끝자락에서 서성거리고 있었다.

그즈음 내게 걸려온 전화에 퍼뜩 정신이 들었다.

예전에 출강을 약속한 부산교육연수원의 출강 확정 전화였다.

전화를 끊고 내가 뭔 맘으로 출강 약속을 했을까 싶어 그분과 나눈 카톡 내용을 훑어보다가 그만 울음을 터트리고 말았다.

이제 막 새내기로 학교 현장 행정직으로 발령받는 선생님들에게 내 강의를 들려주고 싶어 기획한 공모라며 사정을 쭉 적은 내용 속에 담당자 자신의 절절한 아픔이 쓰여 있었다.

외국에서 공부하고 돌아온 딸과의 관계, 불만을 가끔 말하던 딸이 언젠가부터 말이 없어 나름 적응해서 성숙해진 거라고 짐작하며 바쁘게 보냈던 일과, 그리고 딸의 자살 소식!

너무 암담한 현실과 그렇게 무심히 보낸 딸에 대한 미안함과 죄책감으로 자신을 하염없이 학대하며 몰아가던 어느 날에 지방 공기업 평가원에서 내 강의를 듣고 다시 살아보려 일어섰다는 고백이 글자 하나하나에 새겨져 있었다.

무슨 강의를 한 건지 기억도 없는 내 강의에 힘을 내고 살아 볼 용기를 다시 품었다니 …….

그와 더불어 자기가 받은 위로를 딸 또래의 새내기 선생님들에게 들려주어, 그들이 가지고 있을 불안을 잠재워서 현장에 잘 안착할 힘을 주고 싶다는 내용이었다.

순간 뭔가 머리를 강타하는 느낌이었다.

곱게 적어 내려간 내용에서 형언 불가한 한 영혼의 거룩한 성숙과 진정한 사랑을 보았다.

그리고 벼랑 끝에서 널브러져 있는 참혹한 내 모습이 보였다.

나는 일어서야 했다.

새벽 기차를 타고 간 부산에서 마주한 담당 선생의 손을 잡고 우리는 하염없이 울었다.

강의 후 나를 역까지 배웅하는 담당 선생에게 이렇게 말하며 만남
을 마무리했다.

"내 아픔이 크다고 투정부리며 살았습니다. 그런데 선생님은 더 깊
은 상처와 아픔을 이렇게 승화시켜서 오히려 절망에 빠진 저를 살려
주셨습니다. 정말 고맙습니다. 우리 서로 힘내서 살아요."

부산 연수 후 정신을 차리고 보니 너무나 많은 의미 있는 것들이
내 삶의 변두리 저쯤에 내박차져 있고 때론 나를 채근하며 심통을
부리고 있었다.

정리해야 한다고 생각했다.

그러면서 다시 내 정체성의 핵심을 찾아 세워야 했다.

그것이 무엇일까?

책을 통해 상담하고 심리학을 기반해 강의하며 아프고 힘들어하는
영혼에게 '나를 만나는 여행'의 안내자가 아니었던가.

마음 다잡고 다시 주섬주섬 흩어져 있던 조각들을 주워 모았다.

그러고 나서 옆을 보니 너무도 값진 삶의 여행 이야기와 그 여행을
위해 용기 낸 사람들, 또 여행하며 서로 힘이 되어주었던 충만한 동지

들이 있었다.

그것을 모아 엮으며 조그만 소망을 담게 되었다.

이 책은 앞에서 말한 그런 삶의 이야기다.

슬픔의 바다에 나의 슬픔도 한 방울 더 얹으면 함께 바닷물이 된다.

그래서 더더욱 남의 슬픔과 나의 슬픔의 차이를 비교하지 않고, 겨루지 않고, 너와 내가 똑같은 것으로 아파한다고, 우리는 같은 것을 그리워하고 같은 것에 힘들어했다고, 그래서 더는 혼자가 아니라고 하면서 힘겨워하는 마음을 다독여준다.

그렇게 삶은 실패를 경험하고 넘어져 일어설 수 없다고 손사래 치는 너를, 그리고 나를 일으켜 세워 괜찮다고 서로 어루만지며 함께 바닷물이 되는 그런 여행 길이다.

이 책은 그런 소중한 삶을 사는 사람들의 마음을 안아주고 있다.

말 못 하고 혼자 감당해야 할 때
힘이 되는 그림책 심리상담

마음을 안아준다는 것

초판 1쇄 인쇄 2021년 6월 5일
초판 1쇄 발행 2021년 6월 10일

지은이 김영아
그린이 서은숙
펴낸이 박지원
펴낸곳 도서출판 마음책방

출판등록 2018년 9월 3일 제2019-000031호
주 소 서울시 강서구 공항대로 209, 704호(마곡동, 지엠지엘스타)
대표전화 02-6951-2927
대표팩스 0303-3445-3356
이메일 maeumbooks@naver.com

ISBN 979-11-90888-15-8 03810

• 도서출판 마음책방은 심리와 상담 책으로 지친 마음을 위로하고,
  발달장애 책으로 어린 아이들의 건강한 성장을 돕습니다.